平面になる

古城十忍
Toshinobu Kojyo

而立書房

平面になる

(13.5畳)
10畳

浴室
トイレ
玄関
洗面所
台所

■登場人物

清家《せいけ》　均
清家　一平
清家　哲平
倉成《くらなり》志都美《しづみ》
倉成　静香
久住《くずみ》　常久
高峰美重子
高峰　昇
高峰不二子
奥地　行雄
谷岡　靖史

少年たち

1　あぐらをかく

恐ろしく勾配のついた斜面が眼前に広がっている。

上りつめた先が玄関とおぼしきドアまで続いているのを見ると、どうやら斜面は「床」であるらしい。

床の上には、巨大な塔と見まごうほどの大きな包みがひとつ。

それはラッピングよろしく全体が白い布ですっぽりと覆われ、口は太いロープで縛られ、高さは仰ぎ見るほど。

今、ドアが開いて清家均、続いて久住常久が姿を見せる。

ともに背広姿、清家はブリーフケースを、久住は紙袋を抱えていて——。

久住　すごいことになってますねぇ。

清家　………。

久住　マジですか、これ、大丈夫なんですか?

清家　……君は帰りなさい。

久住　いえいえ、そういうわけには……

　清家、滑り落ちないよう気を配りながら靴を脱ぎ始めて——。

久住　靴、脱ぐんですか？

清家　……君は人んちに土足であがるのか。

久住　上がるっていうよりこれ、下りてますけど。履いてたほうが。滑って落ちません？

清家　帰ればいいだろう、急に熱が出たって言っとくから。

久住　誰がですか？

清家　君だよ。君は急に高熱が出て、死んだ。

久住　生きてるじゃないですか、ぴんぴん。（靴を脱ぎつつ）冷たいなぁ。長いつきあいになるんだから仲良くやりましょうよ、あぁ気をつけてお父さん。

清家　………。（動きが止まる）

久住　下手すりゃ骨折、入院ですよ、用心しないと。あれ、下りないんですか？

清家　誰がお父さんだと？

久住　またそんな。他人行儀な。

清家　帰れ。

久住　ンなこと言われても。この体勢から？（改めて下を見て）帰りますか？

清家　私はいいんだよ、私の家なんだから。

久住　だったらその手、離さなきゃ。

清家　………。（上がり框にしがみついている）

久住　びびってる。

7　平面になる

清家　何事にも心の準備がある。
久住　思い切って行きましょう、お父さん。
清家　この際はっきりと言っておくがな、結婚なんて私は認めんからな。絶対に許さない。許可しない。断固としてだ。
久住　手、離さないんですか？
清家　人の話、聞いてるのか？
久住　状況を考えましょうよ、まず。ちゃんと安全地帯まで下りて、落ち着いて、それから話せばいいでしょう？
清家　話すことなんてない。たった今、終わった。
久住　頑固ですねぇ。

清家、谷底のような斜面の下をじっと見ていたが、顔を上げて――。

久住　（視線に気づいて）……何すか？
清家　先に行け。
久住　は？
清家　帰らないんだろう？
久住　いいですよ。どうぞお父さんから。

清家　お父さんじゃない。
久住　年長者から。
清家　たいして違わん。
久住　行けません。人生の先輩を差し置いてそんな不届きな。どうぞお先に。
清家　私が行けば後に続くのか?
久住　そりゃあもう、たとえ火の中、水の中。

清家、持っていたブリーフケースを滑り落として——。

清家　君の番だ。
久住　は?
清家　鞄はサラリーマンにとって我が身も同然。
久住　………。(首をひねる)
清家　そんな目で見るな。
久住　………。(反対に首をひねる)
清家　じゃあ君もその袋、落とせばいいだろ?　それであいこだろう?
久住　ワイン、持ってきたんですよ。
清家　ワイン?

久住　ロマネ・コンティ。七八年もの。
清家　七八年？
久住　落としてみてもいいんですが、割れませんかね。
清家　七八年って確かプレミアもんだろう？
久住　百万出すって人もいますよ。
清家　そんなに？
久住　特別な日に開けようと思ってずっと大事に寝かせといたんです。今日は久しぶりに家族全員が顔をそろえるからって。それで思い切って奮発したんですけど。
清家　それ割っちゃあマズいだろう。
久住　先下りて、下でキャッチしてください。
清家　いま預かっとこう。
久住　……。
清家　じゃあ君が抱えたまま行けばいいだろ？　そんな目で見るな。
久住　わかりましたよ。
清家　わかればいいんだ。
久住　落とします。（落とそうと）
清家　よせ、わぁああああぁぁ……。

思わず両手を離した清家、一気に下へと滑り落ちる。清家は尻をしこたま打ったらしく――。

久住　大丈夫ですかぁ?（掲げて見せ）ワインは無事でぇす。
清家　………。
久住　いま行きます。
清家　帰れ。後生大事にワイン抱えて帰れ。

久住、草スキーの要領であっさり下りてきて――。

久住　意外とどうってことありませんでしたね。
清家　………。
久住　しっかし並みじゃないですね、どうしてこうなっちゃったんですか?
清家　………。
久住　建売住宅だったんでしょう?
清家　君はワインは詳しいのか。
久住　いやぁ、酒が好きなだけで。
清家　ワインは寝かせておけば、それだけ熟成していい味になると聞くが、さすがにそういうわけにはいかんようだな。

久住　何がですか？

清家　家だよ。家はほうっておいてもひどくなるだけ。ひとつガタがくると、あちこちどんどん悪くなる。そういうもんだ。

久住　もともと何が悪かったんですか？

清家　君に話すことじゃない。

久住　高かったンでしょ？

清家　何が。

久住　この家。買ったときですよ。

清家　二坪でそのワイン一本ぶんだ。

久住　（一瞬考え）それって高いんですか？

清家、塔のような包みの上にあがろうと――。

久住　何するんですか？

清家　高い所は嫌いか？

久住　嫌いっていうか、何なんすか、これ。

清家　少しでも上にあがろうという気持ち、君にはないのか。

久住　はぁ……？

清家　向上心のない男に娘はやれん。
久住　今、その話なんすか？（駆け寄ろうと）
清家　もう遅い。
久住　そんなぁ。
清家　ひとつ尋ねていいか。
久住　あ、はい。私もいくつかお聞きしたいことがありまして。
清家　君の質問は聞かん。
久住　なんで？
清家　聞けばいろいろ詮索したくなる。結婚には断固反対なんだ。だから何も答えない。何も聞くな。
久住　そんな身勝手な。
清家　尋ねていいか？
久住　……どうぞ。
清家　雑誌社の仕事、自分から辞めたってことだが。
久住　一応、依願退職ってことで。でもあれですよ、次の手はちゃんと打ってありますから、路頭に迷うようなことは全然……
清家　そういうことじゃなくて、辞表、自分で書いたのか。
久住　形だけですけど。
清家　一身上の都合ってやつか？

久住　あんなもん、切々と作文書く人いないでしょう?

清家　雑誌社にいたんなら文章書くの得意だろう。

久住　あらかじめ決まってることですから。ぜんぶ形式だけで。

清家　読んでみてくれ。（封書を出して渡す）

久住　（受け取って驚き）これ?

清家　ン……。

久住　辞めちゃうんですか、会社。

清家　いいから読んで。

久住、封筒から出して文書に目を走らせる。
すでに塔（?）の上の清家、だしぬけに声を張って——。

清家　「私はこれまで——

久住　（やや驚いて）何ですか?

清家　君は黙って読んで。

久住　はぁ……。（黙読を再開）

清家　（再びだしぬけに声を張って）「私はこれまで、日々全速力で駆け抜けて参りました。来る日も来る日もただただ仕事に明け暮れ、それが自分のため、ひいては家族全員のためと信じ、仕事に忙

玄関
トイレ
洋室
(13.5

殺される毎日を潔しとしてきたのであります。」どう思う？
久住　はい？
清家　出だしだよ。どうだね、こういう退職願は。
久住　珍しいと思いますが。
清家　続き、読んで。
久住　……。（黙読再開）
清家　（再びだしぬけに）「しかしそれは単なる思い過ごしでありました。実のところ私は、ただただ時をやり過ごし、仕事にも家族にも正しく向き合うことなく、日常にあぐらをかいていただけなのです。」
久住　あぐらですか。
清家　比喩だよ。
久住　これ、小説なんですか？
清家　退職願だよ。
久住　（首をひねり苦笑しつつ）それで日常にあぐらをかくだなんて……
清家　かまわず黙って読んで。
久住　あ、はい。（黙読再開）
清家　「私は卑怯者です。インチキです。」
久住　これも比喩ですか？

清家　謙遜してるんだよ。
久住　ああ、なるほど。
清家　「そのうえ独りよがりで、見栄っ張りで、底意地がいやらしい。」
久住　かえって嫌みじゃないですか。
清家　「これ以上、私は日常にあぐらをかくわけにはいきません。我が心から敬愛する会社にもこれ以上のご迷惑は甚だ心苦しく、よってここに退職を願い出る次第です。初芝商事株式会社　第二営業部部長代理　清家均」。読んでるか?
久住　だってもぅ全部言っちゃったじゃないですか、自分で。
清家　一度、言ってみたかった。
久住　はぁっ?
清家　……これは宣言だ。
久住　宣言?
清家　誓いの言葉といってもいい。誰かに誓えば決心がぐらつかずにすむだろう。
久住　本気なんですか。
清家　辞める。
久住　初芝っていったらめちゃくちゃ一流商社ですよ。
清家　一流じゃない、超一流だ。
久住　もったいない。入ろうと思ったってそうそう入れないでしょう?

清家　まぁ君は無理だろう。
久住　………。
清家　気にするな。
久住　気にしてませんよ。
清家　私だって相当無理したんだ。
久住　そうですかぁ?
清家　並大抵のことじゃなかったんだよ、ここまでくるのは。
久住　そういえば東大、出てんですよね。
清家　入るまでも大変、入ってからも無理の連続だ。

清家、不意に塔(?)から下りると、急斜面に向かってダッシュ。
だがすぐにずるずると滑り落ちて、再びダッシュ。

久住　何ですか、今度は?
清家　こういうの見ると、無性に登りたくなる性格でな。
久住　はぁ。
清家　それでここまできた。(さらにダッシュ)
久住　………。

清家　だが、それももうおしまいだ。（さらにダッシュ）
久住　……。

清家、滑り落ちては何度もダッシュを繰り返す。

見ていた久住、なぜかやがて、同じようにダッシュを開始……。

するとどこからともなく作業服姿の少年たちが次々に現れ、ダッシュに加わって、全速力で急斜面を駆け上がっていく。

だが誰もが、たちどころに滑り、転び、落ちていってしまう。

それでも少しでも上の位置を目指し、一分でも一秒でも長くその場所にとどまろうと、何度でも駆け上がって試みる。

何とか駆け上がり静止できた者は、その場であぐらをかいて位置をキープしようとするが、それも難しく、瞬く間に転がり落ちていく。

いつ果てるともしれない、終わりなき繰り返し。

だが不意にベルの音が鳴り響いて――。

少年たちが機敏に去って行くなか、一人の少年が、先を行く一人だけ学生服姿の「少年A」を呼び止めて――。

少年B　おい、お前。

少年Ａ　………。（振り返って姿勢を正し）はい。
少年Ｂ　なんでここに来た？
少年Ａ　………。
少年Ｂ　東大受かったってほんとか？
少年Ａ　受かったよ。
少年Ｂ　……へぇ。
少年Ａ　それが何か。
少年Ｂ　でももうおしまいだ。
少年Ａ　………。
少年Ｂ　こんなところに来ちゃったんだからよ。
少年Ａ　………。

少年B、薄笑みを浮かべつつ去っていき、やがて少年Aもいなくなる。
清家と久住、それぞれにへたりこんでいたが——。

久住　しんどいっすね。
清家　あ？
久住　こんなしんどい思いしてまで、上に行かなきゃいけないんすか？

清家　………。
久住　私はとてもとても。自分からリタイヤ宣言しますよ。
清家　この辞表、受理されると思うか。
久住　喜んで首切るんじゃないですか。
清家　………。
久住　（弁解めいて）自分がそうだったから。あっけないもんですよ。辞表出したら、ハイお疲れさん。誰も引き留めなかったし。
清家　だろうな。
久住　景気が悪いんですよ。不況。長引いてるでしょう？　超一流でもすごいんじゃないですか、リストラ。
清家　この半期で同期が二十人辞めていった。
久住　厳しいっすねぇ。
清家　部下も三人、お払い箱だ。
久住　でもやっぱ、一身上の都合ですね、辞表は。
清家　どうして？
久住　だって書きます普通、あぐらがどうのこうの。
清家　君はこれ、書き直せと？
久住　書き直すんじゃなくて、マニュアル通りってことで。

清家　何言ってるんだ、それじゃ通らないから苦労してるんじゃないか。
久住　え？　前にも出したことあるんですか？
清家　この一週間で七通。
久住　七通？
清家　見るか？　毎日持ち歩いてる。
久住　ンなことしてるから仕事に身が入らないんですよ。
清家　ばかなこと言うな。書いてるのはちゃんと時間外だ。
久住　え？　てことはあれですか、会社はもしかして、辞めさせたくないってことですか？
清家　当然だろう、私ほど仕事熱心な人間はそうそういない。
久住　なんで辞めるんですか？
清家　………。
久住　離婚ですか？
清家　離婚？
久住　別れちゃったんでしょう、いろいろあって。おっきい会社ほど離婚は出世に響くっていうじゃないですか。
清家　離婚は関係ない。
久住　じゃ、何すか？　超一流企業で、それだけ必要とされてて、辞める理由ないでしょう？
清家　……あれだな。

久住　はい？
清家　いざ辞めるとなるところ、胸騒ぎがするというか、勇気いるだろう？
久住　全然。
清家　ちっとも？
久住　人生、仕事がすべてじゃないですから。
清家　君はそういうつまらん男か。
久住　何がです？
清家　男が仕事に命かけなくてどうする。誰が日本《にっぽん》を支えてると思ってるんだ。政治家でもない。官僚でもない。サラリーマンだぞ。
久住　誰も働かないって言ってんじゃないですよ。
清家　これで決定だな。
久住　決定？
清家　金輪際、結婚は認めん。
久住　またそこいっちゃうんすか？

不意にフラッシュが瞬く。
清家・久住、驚いて振り返ると、いつの間にやら玄関のドアから清家一平、上半身を乗り出しカメラを構えていて――。

一平　へへ、俺でした。
清家　一平……。
一平　びっくりした?
清家　(相当驚いていて)当たり前だろ。
一平　まだまだ甘いね、リハビリ。
清家　何がリハビリだ、脅かすな。
久住　(清家に)もしかして上の息子さん?
清家　ああ。
一平　(久住に)もしかして静香がつきあってる人?
久住　はじめまして、お兄さん。
清家　見境ないな、君は。
一平　(清家に)結婚、決まったんだ。
久住　はい。(一平に駆け寄ろうと)
清家　決まってない。
一平　じゃあなんで来てんの?
清家　静香が勝手に呼んだんだ。
久住　呼ばれたんです。

一平　じゃ決めたんだよ。
久住　（駆け寄ろうとしつつ）はい。
清家　決めてな、何やってんだね、君！
久住　お兄さんと握手を……。
一平　いいですよ、そんな。
久住　とりあえず気持ちだけ。いいですか？

久住と一平、うんと離れたところで気持ちだけの握手を交わして——。

一平　よろしく。
久住　いやぁ感激だなぁ。
清家　（一平に）おい、どこ行くんだ？
一平　荷物。玄関でいま、撮影してたんだ。
清家　玄関で？
久住　手伝いますよ、一平兄さん。
一平　平気平気。

一平、いったん外へ出ていく。

久住　いやぁ私、一人っ子で、おまけに独身長くて、兄弟、なかでもお兄さん、すっごく欲しかったんですよ。家族っていいですね。

清家　君は他人だ。

久住　またそんな。時間の問題じゃないすか。あれ？

清家　何だね。

久住　一平兄さん、清家一平ですよね。

清家　当たり前だろ。

久住　でも静香さんの名前、倉成じゃないですか、お母さんのほうの戸籍に入っちゃってるから。

清家　………。

久住　こういう場合、私と一平兄さん、兄弟になるんですかね。

清家　ならない。

久住　ならないんですか？

清家　なぜなら静香は結婚しない。君とは一生、他人だ。

久住　またそんな。同世代の息子ができて嬉しいくせに。

一平、白布で包まれた大きな荷物のようなものを持って戻ってきて——。

一平　改めて見ると、この家とんでもないね。
清家　お前は久々だからな、そう見える。
久住　いやでも実際、相当なもんですよ。（一平に）荷物、私受けますけど、それ、割れ物ですか？
一平　大丈夫。慣れてるから。
清家　母さんとこには寄ったのか？
一平　直接、成田から来た。
清家　そうか。
久住　そうだ、ニューヨーク。芸術の勉強に行ってたんですよね。どれくらい？
一平　半年。
久住　かっこいいなぁ。
一平　（荷物のようなものに乗って一気に斜面を滑り降りつつ）そぉお？
久住　またその下り方が。ほんとはちょっぴり、気難しい人だったらどうしようって心配してたんですけど、よかったですよ、一平兄さんがお兄さんで。
清家　君、少しは遠慮ってものがないのかね。こっちだって久々に親子の対面やってるんだよ。
一平　聞いちゃいけないのかもしんないけど、何歳？
久住　一平兄さんは確か……
一平　二十五。
久住　私、四十六です。お父さんと三つ違い。

清家　お父さんじゃない。
一平　二十も年上の人にお兄さんていわれてもなぁ。
久住　駄目ですか？
一平　ン――、ま、いっか。
久住　聞きましたかお父さん、一平兄さん、結婚許してくれましたよ。
清家　………。（真顔である）
久住　（一平に）もう一人の、そうだ哲平君。弟さん、今年二十歳でしたっけ。
一平　そう、かな。
久住　となると私が真ん中になるわけだから、上から二十五、四十六、二十。あれ？　なんか順番違う気もするけど、ン――、ま、いっか。

インターホンが鳴る。
清家と一平、やや緊張した面もちでドアを見る。

清家・一平　………。
久住　私、出ましょうか？
清家　動くな。
久住　え？

清家　いい、出なくて。
一平　……母さんたちかな？
清家　鳴らさないいだろ、自分の家だぞ。

インターホン、鳴る。

清家・一平　………。
久住　（声を潜め）なんで出ないんですか？

不意に一平、急斜面を駆け上がってインターホンへ。

清家　一平。
一平　このままじゃ昔と変わんないだろ。平気だよ。（インターホンにでて）はい。………。はい、清家ですが。……ええ、そうです。……はい。（切る）
清家　何だって？
一平　隣の人。
清家　隣？　おい、開けるのか？

答えるまもなく一平、ドアを開ける。
高峰美重子、待ちかまえていたように姿を見せて――。

美重子 どうもすみません。………。

美重子、ちらちらっと室内を観察していて――。

一平 何ですか?
美重子 あぁあの、ただちょっとご挨拶をってそう思っただけなんですけど。今、撮影か何かでいらっしゃってるんですか?
清家 いえ、この家の者ですが。
一平 写真は趣味で撮ってるんです。
美重子 ああ、そうですか、どうもすみません。隣の高峰です。あの高峰の妻の美重子です。
清家 あの、隣って(指でさして)こっち側の?
美重子 いえ、(指でさして)こっちの。
清家 そっちは安藤さんじゃ……
美重子 いえ、高峰です。半年ほど前に引っ越してきたんですよ、鳥取から。
清家 じゃ安藤さん、もういないんですか?

美重子　さぁ、どなたが住んでらしたかは知らないんですけど、格安で売りに出てたんでローンで買いまして。まだ二十代なんですけど。
清家　二十代？
美重子　いやだからあの、あたしたち夫婦が。
清家　ああ、そうですか……。
美重子　でも驚きました。ずっと空き家になってたでしょう、ここ。あちこち売りに出てる中、ここだけ表札出てましたから気になってたんですよ。でもずっといらっしゃらないから、ご家族で世界一周でもしてるのかしらねなんて主人と話したりして。
久住　ニューヨークには行ってたんですけどね。
美重子　まぁ、ニューヨークに？
久住　私じゃなくて、そっちの私のお兄さんなんですけど。
美重子　お兄さん……？
清家　冗談です。
久住　そりゃないですよ、お父さん。
美重子　お父さん？
清家　それは私の息子で、こっちは私の会社の部下でして。あの、私が清家です。
美重子　あぁ、そちらがご主人様。
清家　どうも。こちらからご挨拶に伺うべきでした。

美重子　いえ、いいんですよ、いらっしゃるってことがわかりさえすれば。まさかみなさんクローン人間だったりしたら困っちゃいますけどねぇ。（笑う）
清家　………。
美重子　どうもお邪魔しました。
清家　失礼します。
美重子　（ドア口で振り返り）あぁあの。
清家　はい。
美重子　主人にもちゃんと話しておきますんで。
清家　どうぞ、よろしくお伝えください。

美重子、ドアを閉めて出ていく。

久住　……最後のクローン人間って、思いっきり余計でしたね。
清家　余計なのは君だろ。
久住　だからって会社の部下ってのはあんまりですよ。
清家　嘘でも初芝の社員になったんだ。ありがたく思え。
久住　それじゃ私、かわいそすぎません？
一平　安藤さん、いなくなったんならよかったじゃない、うるさくなくて。

清家　お前も余計なことするんじゃない。
一平　二、三枚、撮っただけだよ。
清家　わざわざ人目を引くようなことしなくていいだろ。
久住　何撮ってたんです？
一平　（持ってきた包みをさして）それ。玄関で撮らなきゃ意味なかったから。記録してたんだ。
清家　写真に撮るほどの価値はない。どうせ独りよがりの代物だ。
久住　あぁ、芸術だ。中に入ってんですね。一平兄さんの芸術が。
一平　残念、中に入ってるのはスーツケース。
久住　スーツケース？
一平　旅の荷物そのまんま、布でくるんでみたんだけどね、くるんだこの丸ごとが完成品。
久住　はぁ……。
清家　一平、母さんたち待っててもしょうがないから、これ、開けるぞ。（と塔のような包みの上にあがっていく）
一平　（清家に）ちゃんとタイトル、あるんだよ。
久住　なんていうんですか？
一平　「かくも長き不在」。どう？
久住　……そういうの、ニューヨークで勉強してきたんですか。
清家　そういうのは勉強とはいわない。道楽っていうんだ。

一平　………。（一平、塔のような包みを被写体にシャッターを切る）
清家　（厳しく）写真はいい。
久住　何もそんな目くじら立てなくったって。
一平　（塔のような包みを指して久住に）そっちのもタイトルついてるんだ。
久住　あ、これも？　そうか、これとそれ、似てますもんね。なんていうんですか？
一平　「日常」っていうんだ。
清家　日常……？
一平　だから父さんは今、日常にあぐらをかいてるってわけ。
清家　………。
久住　……親子ですねぇ。
一平　親子？
清家　適当なこといってるだけだ。くだらん。
一平　全然変わんないね。わからないものはくだらん、自分のわかるものだけが素晴らしい。
清家　そんなもん、誰がわかる？　何の役にも立たない。社会にまるで貢献しない。（久住に）君、わかるかね？
久住　一度だけ「高原の森美術館」に行ったことあります。
清家　君、何の話してるんだ？
久住　「大恐竜展」も見ました。

一平　（久住に）ね。こういうの、どう？

久住　はい？

一平　この二つ、まとめて一つの作品にしちゃうんだ。題して、「日常のかくも長き不在」。

清家　開けるからな。（ロープをほどき始める）

一平　そして父は日常をひもとく。

一平、包みを解く父を被写体にシャッターを切る。

清家、縛ってあるロープをほどき、白布がはらりと落ちると、そこにはダイニング・テーブル、椅子、サイドテーブル……。リビングを飾る家具が、うずたかく積み上げられている。

フラッシュの瞬きに浮かびあがるように、再び作業服姿の少年たち、整然と現れて、急斜面に上がったかと思うと次々に大の字に寝る。と、すぐに起きて立つ。正座する。斜面を前後に走って往復する。一瞬止まる。再び、大の字に寝る。起きて立つ。正座する。前後に走る。一瞬止まる……。永遠に続くかのような、同じ動作のサイクルが突然止まって「少年A」、あたかも宣言であるかのように——。

少年A　「毎日毎日同じことの繰り返し。でも、ここに来る前だっていつも何かを繰り返してた。やってることが違うだけだ。何も変わらない。いったいいつ、ここから出られるのか。みんな気にしてるけど、僕はまるで興味がない。信じないだろうけど、僕は来たくてここに来たんだ。来てみてそれがはっきりわかった。なぜなら僕は負けたのだから。なぜなら僕は敗北者なのだから。その烙印をくっきりと自分の心と体に焼きつけなければ、僕はここから出られない。」

途端に、ベルの音が鳴り響いて――。

少年たち、整然と去っていくなか、一人の少年が、突っ立ったまま動かない、すでに作業服姿の「少年A」に向かって――。

少年C　おい、東大。

少年A　……はい。

少年C　なに、いまの作文。反抗?

少年A　………。

少年C　家族のこと書けっていわれてんのに?

少年A　………。

少年C　かっこいいね。

少年A　……すみません。

少年C　お前、むかつくね。

少年A　………。

少年C、舌打ちして去っていき、やがて少年Aもいなくなる。

清家と一平、家具を出し終え、テーブルや椅子の脚の強度をチェックしたりしている。

久住、家具が包まれていた白布を不思議そうに見ていたが、思いたったように布の端を持って走り、床に広げて――。

清家　何やってるんだ、君。
久住　気のせいですかね、この布、内側に模様描いてあるでしょう?
清家　それがどうした?
久住　なんとなく「ヒト」の形してないっすか?
清家　ヒトの……?
一平　「人拓」なんだ、それ。
久住　ジンタク?
一平　魚拓ってあるじゃない、あれの人間版。自分の体にべたべたペンキ塗って、布でくるんでみたんだ。
清家　そんなことまでしてるのか?
久住　これ、一平兄さんの魚拓なんですか?
一平　だから、この布で覆われてた「日常」はひもとかれるまでずっと、清家一平に抱きしめられてたってわけ。

久住　……なるほど。そういう意味になるんですね。
清家　体《てい》のいいこじつけだ。
久住　こじつけでもたいしたもんですよ、さすが東大出は考えることが違いますね。
一平　俺は東大じゃないよ。
久住　あれ、そうでした？
一平　一応、出は美大なんだけど。
清家　こいつは受験から逃げたんだ。受験から逃げ、そしてニューヨークに逃げた。
一平　自分は逃げなかったっていうのか？
清家　父さんは会社を辞めなかった。職場で頑張り通したんだ。

インターホンが鳴る。
清家と一平、再び緊張の色を見せてドアに視線――。

清家・一平　………。
久住　さっきの。名前なんでしたっけ？　鈴木？
一平　高峰。
久住　その人。……ですかね？
清家　だったら安藤さんより質《たち》が悪いな。

一平　（やや挑むように）出れば？
清家　出るさ。（向かいつつ布をさし）これ、片づけろ。
一平　作品は人に見せるものだ。
清家　いいから。
一平　父さんは人じゃないんだ。
清家　何？
一平　まだ見てないだろ。

インターホン、鳴る。

久住　……広げたの、私でしたんで。

久住、出し抜けに片づけ始め、ややあって一平も加わる。
一平が加わったところで清家、インターホンに出て——。

清家　はい。………。………。………。（切る）
一平　誰？
清家　静香の声だ。

久住　あ、来ました？
一平　何だよ、声って。確信ないの？
清家　訪問販売にお伺いしました。よそ行きの声だった。
久住　静香さん、そんなバイトしてんですか？
一平　シャレだと思うけど。

清家、ドアを開ける。
倉成静香、サングラスをかけ、小振りなトランクを持ち、笑顔を振りまきつつ姿を見せて——。

静香　どうも初めまして、お邪魔します。
清家　……何やってんだ、お前。
静香　（ドアを閉めるや）も何、引っ越してきたっていう隣の女。
清家　どうした？
静香　しつこいのよ、根ほり葉ほり。お宅、清家さん？　どういうご関係？　そのトランク、ブランドもの？
一平　それで訪問販売？
静香　兄さん！（サングラスをはずし）元気？　少し痩せた？
一平　（久住を示し）お待ちかね。

静香　久住さん！
久住　ひと足先にお邪魔してたんだけど……。
静香　何しに来たの？
久住　え……？
静香　なんでいるの。
清家　お前が呼んだんだろう。
静香　呼んでない。呼ぶわけないじゃない。
久住　そんな。
清家　（久住に）話が違うな。
久住　だって静香さん……
静香　ちょっと待って。今そっちに……（と斜面を見下ろし）どうやって行くの？
一平　荷物、滑らせろよ。
静香　割れ物よ。
一平　平気だよ。
静香　（トランクを滑り落としつつ）ここ、前からこんなにすごかった？
清家　お前が今まで気づかなかっただけだ。（久住に）君。
久住　え？
清家　ぼーっとしてないで手、貸したまえ。

久住　手?

一平　間、入って。

久住　（清家が手を出しているのを見て）あぁ。（とつなぐ）

清家↓久住↓一平の順に並んで斜面で手がつながれて、人梯子ならぬ「人ロープ」が作られる。
靴を脱いで静香、それを伝って下り始めて——。

久住　（自分の前に静香がさしかかって）なんかいつもと……

静香　まだ。

久住　はい。

静香、ようやく下りてきて——。

静香　どういうこと?

久住　なんか違う……。

静香　約束が違うのはそっちじゃない。

久住　その頭……?

静香　あぁ。（カツラをはずす）

久住　だよね、だよね。びっくりしたぁ。
清家　（静香に）お前は呼んでない。この男が勝手に来たんだな？
久住　いや、ですからね。（静香に）ほら、今日みなさんに正式に紹介するって。
静香　あたし、そんなこと言った？
久住　家族全員、一年二か月ぶりに顔をそろえるからって。
静香　それは確かに言った。でもいい？　顔をそろえるのは家族なの。
清家　君は家族じゃないだろう。
久住　それを言うならお父さんとお母さんも違うでしょう、離婚してんですから。
清家　静香にとっては家族だ。
久住　あらら、ごもっとも。
静香　話したいことがあるとも言った。でもそれはみんなと会ったあと。あたし電話するって念押したじゃない。
久住　それが携帯、調子悪くなっちゃってね。来たほうが早いかなぁなんて。
清家　やっぱり勝手に来たんじゃないか。
久住　（清家に）来るの、ちょっと早すぎました？
静香　帰って。
久住　え……？
静香　早いも遅いもない。なんでそう勝手なことするの。

久住　勝手なことって……
静香　迷惑よ。あたしの立場も考えて。
久住　……結婚、考え直そうと思って、る？
静香　思ってない。
一平　（静香に）するんだろ？
静香　するわよ。
一平　だったらいてもらえば。
清家　お前は余計なこと言わなくていい。
久住　あの。
清家　何だ？
久住　今日、何の集まりなんですか？

一瞬、家族の面々に気まずい空気が流れて——。

久住　てっきり私、静香さんと私の結婚のこと話し合われるんだと思って、それなりに覚悟を決めて来たんですけど、違うんですか。
清家　………。
一平　母さんは？　一緒じゃなかったのか？

静香　用事できたからって。もう来ると思うけど。
久住　私、お母さんにも毛嫌いされてますから挽回したくて早めに来たんですけど。
静香　逆効果よ、そんなの。無遠慮に上がり込ンでるのばれたら、もう二度と会ってもらえない。
一平　そんなに反対してんの?
静香　反対っていうより拒絶反応。
久住　あんたの顔は蝿にも劣るって言われました。
一平　なんだそれ。
静香　虫酸が走るって意味らしいの。
一平　わかんねぇ。
久住　でも今日はとことん闘いますから。
清家　久住君。
久住　……はい?
清家　帰ってくれないか。君の勘違いだってことははっきりしただろう。
久住　ですけど……
清家　君のために集まったんじゃない。
久住　………。
静香　……ごめん。今日必ず連絡するから。
一平　久住さん。

久住　はい。
一平　名前、久住っていうんだね。
久住　自己紹介。まだでした。
清家　帰れっ。
静香　これ。（渡しつつ）あたしの携帯持ってて。
久住　連絡待ってます。（清家に）それじゃお父さん、数々のご無礼、失礼しました。（と一気にドア口まで駆け上がって）一平兄さん。
一平　何？
久住　四十六歳、現在無職。久住常久っていいますんで。
一平　またいつか。
静香　電話するから。

久住、ドアを閉めて出ていく。
清家、再び、椅子などリビングの家具を点検し始めていて――。

静香　……ごめん、父さん。
清家　何が。
静香　呼ぶつもりなんて全然なかったから、ほんとに。

清家　当たり前だ。
一平　俺は何となくほっとしたけどな。
清家　ほっとした……？
一平　静香らしさが戻ってきた。
清家　………。
静香　父さんも反対よね？
清家　反対だ。
静香　……それも当たり前か。
清家　自分のことばかり考えるな。
一平　父さんは何だって反対するんだ。
清家　時期ってものがあるだろう。
一平　今この時しかないっていうタイミングだってある。
清家　それは将来を見ない奴の言いわけだ。
一平　このままの生活で将来があるのか？
清家　だから今日こうしてこの家に集まってる、一年ぶりに。そうじゃないのか？
一平　……そうだよ。
清家　………。
一平　母さん、用事できたって何？

静香　仕事のことじゃないかな。
一平　またカルチャー教室始めるんだ？
清家　（やや意外）始めるのか？
静香　それはないと思うけど。聞いてみれば？
清家　………。
一平　………。
清家　あの男に話したいことって何だ？
静香　……いつかは言わないといけないじゃない。
清家　………。
静香　話さないほうがいい？
清家　話して得することは何もない。
静香　後悔したくないと思ってるの。
清家　話したほうが後悔する。
静香　………。
清家　家族のことを考えろ。
一平　みんな考えてる。
清家　考えてる奴はニューヨークへ逃げたりしない。
一平　一番いいと思ったから行ったんだ。逃げたわけじゃない。

清家　………。

静香　食器持ってきたの。（トランクを取りに行きつつ）母さん、今日こそ自慢の腕を見せてやるって張り切ってたから。前使ってたやつ取りそろえて、五人ぶん。………。

静香、トランクを開けることなく手は止まってしまう。
清家、テーブルを抱え上げて動かそうと——。

一平　何？
静香　テーブル、移すの？
清家　一年二か月前と同じ。元の位置にきっちり置くんだ。
静香　そっちじゃ座れないいんじゃない？
清家　それでも、前は座ってた。
一平　もう椅子がもたないよ。
清家　さらに補強すればいい。
静香　まだ補強のしようがあるの？
一平　だいたい椅子が自立しない。
清家　釘で打つ。
一平　また？

清家　お前の言い方を借りれば、この家にもう一度「日常を張りつける」。
一平　………。

一平と静香、父を手伝ってテーブルと椅子を移動する。
清家、金槌と釘を持ち出してきてテーブルの脚を釘で打ちつけていく。
一本、打ち終わったところで、見ている一平と静香に――。

清家　何見てる。
静香　……すごい状況だなぁって。
清家　自分たちの日常だろう。お前たちも打て。
一平・静香　………。
清家　自分で張りつけるんだ。

一平・静香、椅子の脚を釘で打ちつけ始める。
どこからともなく整然と、少年たちの行進が通り過ぎていく。
「少年A」を先頭に、みな一様に口を真一文字に、遠くを見るまなざし。
整然とした動きのまま、乱れることなく斜面へ上がっていく……。
静香、釘止めがおおむね終わって、一平が抱えてきた白い包みに目を奪われて――。

静香　「戻れない旅」
一平　戻れない旅?
静香　(包みをさして) このタイトル。外れた?
一平　全然×《ばつ》。
清家　たいして違わない。
一平　そおかなぁ?
静香　スーツケースを包んでるんじゃないの?
清家　お見通しだ。
一平　だからってタイトルに旅ってのはなしでしょう。安直すぎるよ。
静香　「かくも長き不在」
清家・一平　………。(驚いて静香を見る)
静香　何、あたり?
一平　あたり。
清家　(突然、大声を出して笑う、かなり笑う)
一平・静香　………。(不思議そうに見合ったり、父を見たり)
静香　……大丈夫?
清家　……いやぁ、笑ったなぁ、久々に、一年ぶりに笑ったぞ。

静香　そんなに受けることだった?
清家　いや急に、なんだかおかしくなってきてな。でもお前、よくわかったな。
静香　だって兄さんの作品の中で、「包むシリーズ」は家族がテーマだもん。
清家　家族が?
静香　それ考えるとわかりやすいわよ。
清家　………。
静香　不在なのは旅に出た兄さんのことじゃなくて、哲平のことよね。
清家　(ややあって) そうなのか?
一平　あたり。
清家　………。

「少年A」を先頭にした少年たちの行進、乱れることなく斜面を下りて去っていく。
静香、久住が残した紙袋を覗いて——。

静香　これも兄さんの?　この紙袋。
清家　あぁそれ、ワインだ。彼が持ってきた。
静香　久住さんが?
清家　あとで返しといてくれ。

静香　いいわよ。持ってきてくれたんならもらっちゃえば。
清家　高級品だ。
一平　悪い人じゃないよな、久住さん。
静香　そうなの。それが一番の取り柄なの。
清家　だからってすべてが許されるわけじゃない。
一平　久住さんのこと言っただけだよ。
清家　母さんだって、お前たちだって、悪い人間は一人もいない。だけど許されない。
一平・静香　………。
清家　許されないんだ。
一平・静香　………。

インターホンが鳴る。

一平　誰だろ……?
静香　母さんじゃない?
清家　………。（静香を見る）
静香　久しぶりに来るんだもん。普通にドア開けて入っちゃっていいのかなって、あたし、ちょっとだけど悩んだわよ。

清家、玄関口へ行き、いきなりドアを開ける。
倉成志都美、大きな手提げバッグ二つとささやかな花束を持ち、にこやかに笑顔を振りまきつつ姿を見せると、他人行儀に――。

志都美　あら、どうも初めまして。お邪魔します。（と玄関に入るや外に向かって）それじゃどうも、御免ください。（ドアを閉める）
清家　お前も訪問販売か？
志都美　やだ、なんでわかった？
静香　あたしもさっきそれやったの。
志都美　あんた、あたしの部下ってことになったから。
清家　何やってんだ、二人して。
志都美　だってしつこいんだもの。隣の高山さん？
一平　高峰。
志都美　一平。ちゃんと生きてた？
一平　お久しぶり。
志都美　心配してたのよ。（清家に）ちょっとあなた、これ。（と、花束を渡しつつ一平に）行ったら行きっぱなし、ろくに電話もくれないから。

一平　（荷物を受け取りに並びつつ）そっちが電話するなって言ったんだろ。
志都美　（大きなバッグを渡しつつ）うそ、そんなこと母さん言った？
清家　これ、重いな。
志都美　あぁそれ、電子レンジ。
一平　レンジまで持ってきたの？
志都美　（靴を脱ぎつつ）だってここ何もないじゃない。
清家　店屋物でよかったんだよ。
志都美　あなたがここで食べるって言い張ったんでしょう？
清家　作って持ってくるとは思わないだろ。
静香　（一平の後ろに並んでいて）プロがいるのに人に頼むことないよ。
志都美　そういえばあなたの会社の人が来てたってほんと？
清家　会社の……？

志都美→清家→一平→静香のリレーで荷物を下ろし、再び志都美のために「人ロープ」が作られる。
志都美、まさに下りようとしていた動きが止まって——

志都美　お隣さん、そう言ってたけど誰のこと？
清家　誰ってそりゃお前……

志都美　わざわざ会社の人が何しに?
一平　母さん、とりあえず下りてよ。
静香　そうよ。馬鹿みたいじゃない、あたしたち。
志都美　そうね。（と下りかけて再び足が止まり）……もしかして。
静香・一平・清家　（一斉に）何?
志都美　（やや押されて）何……?
清家　いや別に。
一平　何?
志都美　前よりひどくなってない、この家。
清家　（ややあって）一緒だよ。
志都美　（下りつつ）前からこんなだった?
清家　多少は沈んだかもしれないが、たいして変わらない。
静香　そうかなぁ、あたしも前より傾いてる気がした。
清家　気がしただけだ。何も変わってない。変わらない。
一平　久々に来た奴にはそう見えるってさ。
志都美　そういうものかしらね、はい、ＯＫ。

志都美、ようやく下りて、人ロープが解かれて――。

志都美　谷岡さんなの？
清家　谷岡？
志都美　だから訪ねてきたって、会社の、蒲池さん？
清家　谷岡だよ。今日のこと話してあるから。
志都美　わざわざ話したの？
清家　当然だろう、今日だって有給扱いにしてもらってるんだ。それでなくても会社にはずいぶん迷惑かけてる。
志都美　怒らなくったっていいじゃない。
清家　怒ってないだろう。
志都美　わかってますよ、それくらい。
清家　何が。
志都美　あなたは何より会社に義理堅い人。
静香　母さん、あたし何手伝えばいい？
志都美　あぁそうね、準備しなきゃ。（バッグに向かう）
一平　（別のバッグを手にしつつ）レンジは前と同じところでいいんだろ？
志都美　あら一平、ニューヨークで性格変わった？
一平　変わったとしたら、俺じゃなくて母さんの見る目。
静香　（トランクに向かいつつ）食器は一応そろえてきたから。

志都美　大皿も持ってきてくれた?

静香　三枚。足りない?

志都美　あっためればいいのは二種類なんだけど、なんとかなるか。

清家　おい、ちょっと。

志都美　何?

清家　先にちょっと座ってくれ。一平。静香も。

志都美　何なの?

清家　話したいことがある。

志都美　これ、やっちゃってからじゃ駄目なの?

清家　大事な話なんだ。

志都美・一平・静香　………。

家族の面々はテーブルにつく。

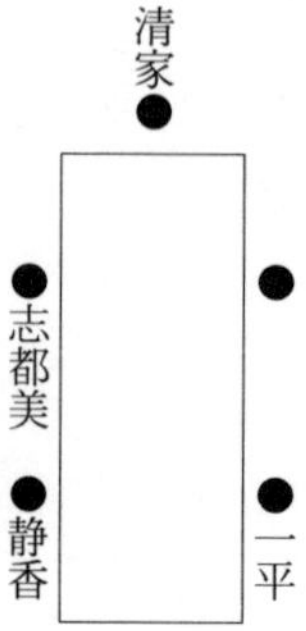

だが、テーブルも斜面にあるため、非常に座りにくい状態……。

静香　やっぱり……
清家　なんだ?
静香　テーブル、ずらさない?
志都美　賛成。
一平　言ってよ、言ってよ。

一平・志都美・静香、即座に席を立って離れるが——。

清家　ここでいい。
静香　だってこれ、相当よ。
志都美　腰にくるわ。
清家　今さらなんだ。それくらいの努力、して当然だ。
一平　少しぐらいずらしたっていいだろ。
清家　場所は前から決まってる。テーブルもずっとここだった。(椅子を示しつつ) 母さんがここ。父さん、一平、静香。そこが哲平だ。
志都美　……そうね。(座る)
静香　母さん。

志都美　父さんの言うとおり。前はそうやってたんだからそうしましょ。ことさら変える理由はないし。

一平・静香　………。

志都美・一平・静香、清家が示した通りに、再びテーブルにつく。

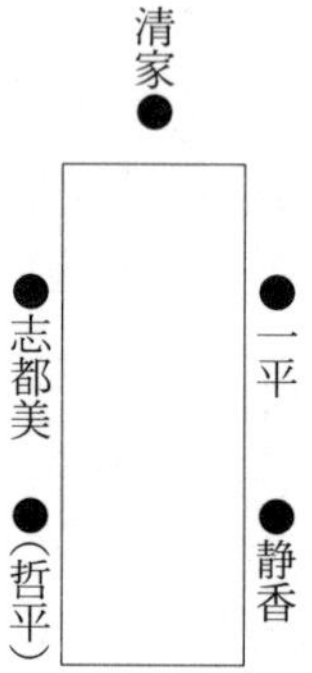

清家　あとは哲平だな。

志都美・一平・静香　………。（なんとなく哲平の椅子を見る）

清家　あいつが来れば一年二か月前とおんなじだ。

志都美　それで何なの、話って。

清家　今日は、家族復活の日だ。

一平　なんだ、それ。

清家　一家五人、もう一度、清家の家族としてやっていこうと父さんは思ってる。

志都美　……それで？

清家　実は前々から話そうと思ってたんだがな。実はな。この一年あまりかけて、ずっと考えてきたことなんだがな。
志都美　だから何？
一平　（出し抜けに）母さんは静香の結婚、反対なの？
静香　（驚いて）兄さん。
清家　何言い出すんだ、お前。
志都美　反対よ。
一平　なんで？
志都美　顔がちょっと。
一平　母さんが結婚するんじゃないんだよ。
志都美　そんなことになったら母さん首くくるわよ。
静香　普通、そこまで毛嫌いする？
志都美　はっきり言うけど、あの男は見る目ないわよ。
清家　（一瞬考え）見る目はあるだろ、静香を選んだんだから。
志都美　世の中をよ。周りを見る目がないの。
静香　どうしてわかるの、そんなこと。
一平　（席を立って）俺は賛成。
清家　お前が決めることじゃない。座れ。

志都美　（哲平の席にずれ）静香、本当に結婚したいの？
静香　そう言ってるじゃない、何度も。
志都美　本当にあの男と一緒になりたいの？　結婚がしたいんじゃないの？
静香　（一瞬窮するが）両方よ。
志都美　お前、まだ二十三よ。
静香　母さん、あたしの年でもうあたしを産んでた。
志都美　だから失敗したんじゃない。
清家　何だよ、失敗って？
志都美　誰だって思うのよ。いろんなこと、独身時代に思う存分、もっとやっとけばよかったなぁって、絶対そう思うんだから。
静香　（席を立って）あたしと母さんは違う。
志都美　どこがいいの、あんな年寄り。
静香　年寄りって母さんと同い年よ。
志都美　そうよ、今年四十六歳。お前は二十三。あの男とお前は（席を立ち）ダブルスコアよ。
一平　（席を立って）ンなの、好きになったら関係ないだろ。
清家　世間は笑うぞ。
静香　父さん……。
清家　好奇の目の大集合だ。みんな座れ。

志都美・一平・静香、うんざりしながらも、それぞれ自分の席に戻りつつ——。

志都美　それでなくても噂になる。世間が黙ってるわけないのよ。
静香　いちいち世間のこと気にしてたら、あたし何もできない。
清家　お前、気にしてるじゃないか、世間を。
静香　あたしが?
清家　ここに来るのに他人の振りしただろう、訪問販売装って。
静香　あれは、成り行きでそうなったのよ。
志都美　そうよ、あれはあたしも成り行きよ。
清家　(静香に)じゃなんで変装してきた?
志都美　変装?
静香　………。(席を立つ)
清家　サングラスにカツラかぶって。
志都美　カツラ?　(席を立つ)
一平　(席を立って)いいだろ、別に。気分だよ。
清家　みんな、ちゃんと座れ。

志都美・一平・静香、それぞれに半ばしぶしぶ、自分の席に戻って——。

清家　ここに来るのは恥ずかしいことか？
静香　……勇気はいるわ。
清家　自分の家だろう。
志都美　でもとにかく来たんだから、いいじゃないの。
清家　お前もそうだ。なぜ清家を名乗らない？　世間の目が怖いのか？
志都美　………。（ため息をつく）
清家　なんだ？
志都美　名乗るも何もあたしは倉成志都美じゃない。
清家　今日からお前たちはまた清家だ。
静香　戸籍、戻すの？
清家　戻せばいい。
静香　（席を立って）そんな都合よくいかないわよ。
清家　どうして？
志都美　（席を立って）名前が変わるってことはそんなに単純なことじゃないの。
清家　役所行って書類書くだけだ。
志都美　社会的なことを言ってるのよ。

清家　離婚したのはやむにやまれず。言ってみれば偽装だぞ。
志都美　たとえそうでも、あたしはもう社会的に倉成志都美なの。
一平　（席を立って）それでいいんじゃない。
清家　なんでそうやってすぐ席を立つ？
一平　座りにくいんだよ。
清家　頑張って座れ。努力しろ。

インターホンが鳴る。

志都美　……哲平。
静香　早すぎない？
一平　出るよ。（インターホンに出て）はい。……あぁどうも。……どういったことでしょう？　……はい、わかりました。（切る）
清家　誰だ？
一平　お隣さん。
清家　また？
志都美　なんだって？
一平　聞きたいことがあるって。（開けようと）

静香　ちょっと待って。

一平　何?

静香　カツラ。

清家　いい、そんなもんかぶらなくて。

静香　そういうわけにはいかないわよ。

志都美　あなた、そっち座って。

清家　どうして?

志都美　あたし訪問販売に来てる人だから。

清家　ほんとのことを言えばいいだろう。

志都美　いま言ったって混乱させるだけじゃない、いいから座って。

一平　開けるよ。

静香、カツラをかぶり、それぞれ位置を変わって座る。

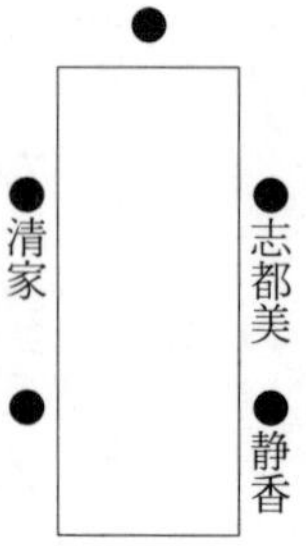

一平、ドアを開けると、高峰美重子と高峰昇、揃って姿を見せて——。

美重子　どうもすみません、ご来客中に。
清家　何でしょう？
昇　あの、高峰です。
美重子　夫です。帰ってきたんで、こちらがちゃんといらっしゃるんだってこと、お話しておきました。
清家　あぁ、どうも、ご丁寧に。
昇　長い付き合いになるんだから、そういうこと、きちんとしとかなきゃダメだってこいつがうるさいもんですから。お住みになるんですよね？
清家　は？
昇　いえ、ですからここに。これから。
清家　あぁ。はい。
昇　そうですか、どうぞよろしくお願いします。
清家　改めてご挨拶にお伺いしますので。
昇　わかりました。
美重子　どうもお騒がせしまして。

高峰夫婦、揃って一礼するものの、まるで帰る気配がなく、室内をちらちら見ていて——。

清家　あの、聞きたいことというのは……？
昇　それが大変不躾で失礼かとは思うんですが、訪問販売にいらっしゃった上司の方……？
志都美　（不意をつかれ）あぁ、私？
美重子　清家志都美さんじゃありません、料理研究家の。
志都美　……。
美重子　ですよね？
志都美　……ええ。
美重子　やっぱり。（昇に）ほら、そうじゃない。
昇　いえ、こいつがきっとそうだ、間違いないって言い張るもんですから。
美重子　一年くらい前、週刊誌に料理エッセイ、連載なさってたでしょ？　あたし、あれ大好きで全部持ってるんですよ、切り抜いて。
志都美　そうですか、それはどうも。
昇　（見せて）これ、そのファイルです。毎週毎週、この料理、夫婦で食べました。うまかったです。
志都美　そう言っていただけるとやってきた甲斐があります。レシピっていうのは実践で利用していただいて、初めて意味のあるものですから。
美重子　もうお書きにならないんですか？
志都美　……ええ、やめました。

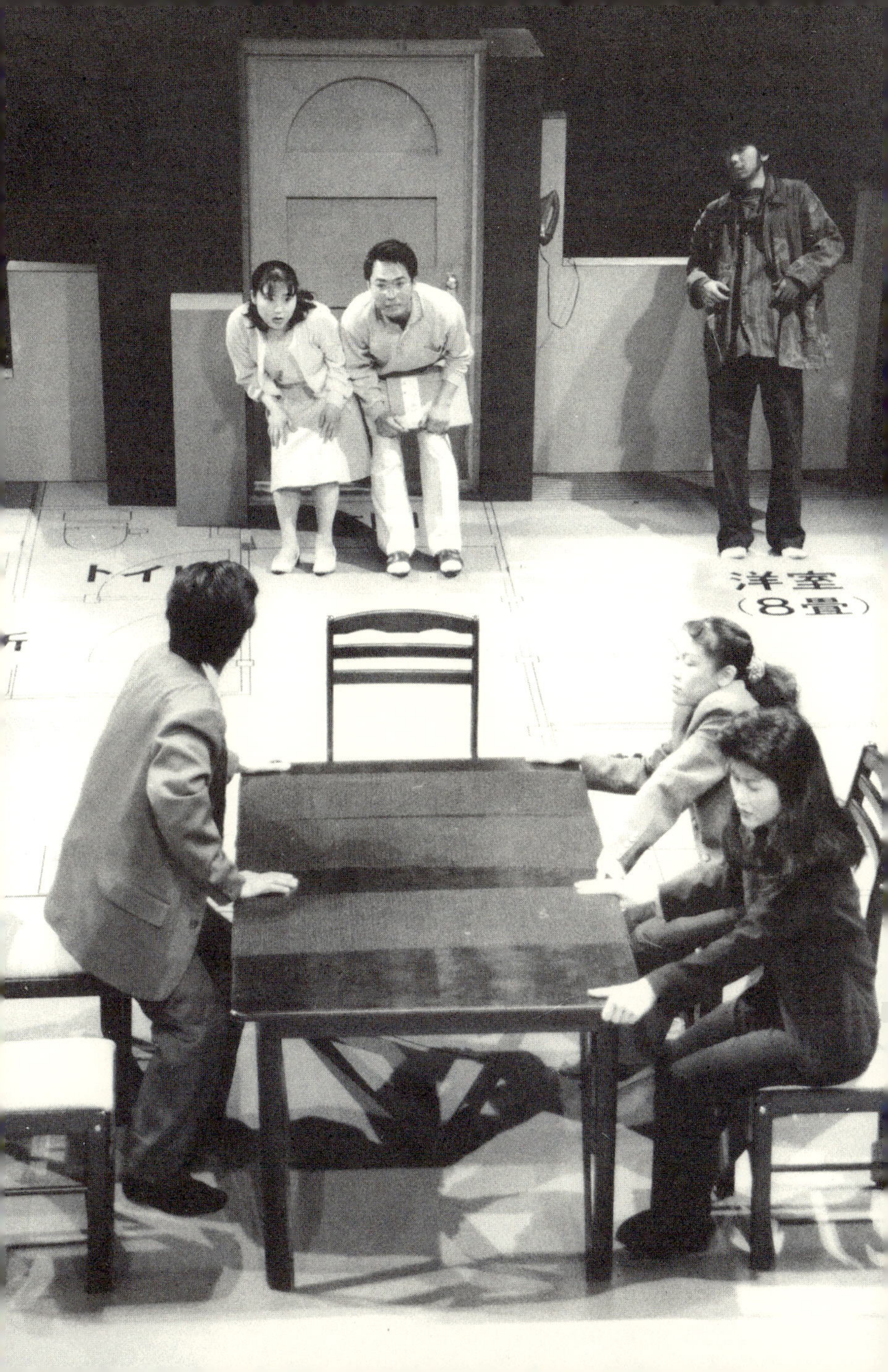
洋室
(8畳)

美重子　あら、残念。じゃテレビも？
志都美　やめました。
美重子　あたしてっきり、あの料理番組、レギュラーでお出になるのかと思って楽しみにしてたんですけど、連載が終わったのと同じ頃でしたよね、急におやめになったから。
志都美　どうもご期待にそえませんで。
美重子　いえ、いいんですよ、そんな。
昇　あの、サインしてもらっていいですか？（ファイルを示し）これに。
志都美　そういうことはあまり……
昇　ペン、持ってきましたんで。
美重子　お願いします。
志都美　（手を差し出し）どうぞ。

一平、昇からファイルとペンを受け取って、志都美に中継しようと——。

昇　（一平に）どうもお手数かけます。

志都美、一平から受け取り、慣れた手つきでサインする。
一平、ファイルとペンを再び中継して美重子に渡す。

美重子　どうもありがとうございました。
志都美　いえ、そんなことでよければ。
昇　どうしておやめになったんですか?
志都美　……ほかの仕事が忙しくなったものですから。
美重子　訪問販売が本業なんですか?
志都美　えぇ、まぁ。
美重子　何売ってるんですか?
志都美　健康食品を。
昇　どんな?
志都美　いろいろあるんですけど、食べて健康になるようなものを。
美重子　たとえば?
志都美　たとえば……
清家　今、私どもがその話を伺ってるところでして。
昇　ああ、そうですよね、どうもすみません。
美重子　あの、こちら終わったら、うちにも寄っていただけます?
志都美　それが今日はけっこう予定が詰まってまして……。
美重子　五分。きっちり五分でいいですから。

昇　お願いします。
志都美　寄らせていただきます。
美重子　そうですか、じゃ、お待ちしてますんで。
昇　どうもお邪魔しました。
志都美　ご免ください。
昇　（ドア口で振り返り）あの、こちら。
清家　はい。
昇　ご親戚か何か……？
清家　は……？
昇　（清家と志都美をさしつつ）どちらも清家っておっしゃるんでしょう。
志都美　偶然です。
清家　そうです。たまたま一緒でして。
昇　そうですか、どうも失礼しました。
美重子　お待ちしてますんで。

高峰夫婦、ドアを閉めて出ていく。
家族一同、夫婦がまた舞い戻ってこないかドアを注視していたが――。

清家　仕事が仇《あだ》になったな。
志都美　仇？
清家　お前は社会的にも清家志都美だ。倉成じゃない。
志都美　………。
静香　どうするの母さん、ほんとに隣に寄るの？
志都美　そう言っちゃったわね。
一平　健康食品、俺、買ってこようか。
清家　買ってどうする。
志都美　売り切れたって言うわよ。
清家　下手な小細工してもすぐばれる。
静香　父さんだって話合わせたじゃない。
清家　世間はみんなお見通しだ。
静香　………。
清家　隠し立てすればするほど暴きにかかる。
志都美・一平・静香　………。
清家　哲平が来たら、みんなで言いに行く。
志都美　何を？
清家　家族だってことをさ。

志都美　………。

一平、靴を履き始めていて――。

清家　（気づいて）どこ行くんだ、お前。
一平　靴、履いてるんだよ。これだと滑んないから。
清家　家の中で履くのか？
一平　動きやすくするためだよ。
清家　だからってそんな家、どこにある？
一平　（履く手を休めて）じゃ聞くけど、なんで家ン中では靴を脱ぐわけ？
清家　日本人だからだ。
一平　理由になってないよ。日本人もホテルの部屋には土足で入るだろ？
清家　ホテルは家じゃない。
一平　住んでる人もいるよ。
清家　住んでる人はみんな、靴を脱いで部屋に入ってる。
一平　見たことあんのかよ？
静香　落ち着く場所だからじゃない？　家に帰ってきて靴を脱げば、身も心もゆったりくつろげる。リラックスできるじゃない。

一平　それができないから履くんだ。気持ちを引き締めるために。

一平、履き終えて、斜面を征服したかのように歩き回る。
清家・志都美・静香、それをそれぞれに見ていたが――。

志都美　一平。
一平　（歩き回りつつ）自由自在だよ。
志都美　母さんの靴、取って。
清家　お前も履くのか？
志都美　一平の言うとおり。臨機応変にやったっていいんだわ。
一平　はい。（靴を渡す）
志都美　ありがと。（と、靴を受け取る）
清家　何考えてるんだ。
志都美　（履きながら）あなた、さっきお隣さんに尋ねられて、今日からここに住むって答えたでしょ？
清家　そのために集まってる。
志都美　（履き終えて）あたしはここには戻らない。
静香　母さん……。
志都美　戸籍はどっちでもいいけど、戻す必要があるとも思わない。

清家　……どういうことだ？

志都美　あなたが嫌いになったとか、そういうんじゃないのよ。あたしたちは家族だけど、バラバラでいたほうがいいのよ。この家だって一年二か月前に手放すべきだったんだわ。

清家　ここはこの日のために手放さなかったんだ。哲平を迎えるために。

志都美　そう言うけど、あなただって半年前にこの家を離れたわ。

清家　一平がニューヨークに行ったんだ。独りでいるんなら会社に近いアパートを借りたほうが都合がいい。

志都美　そう。みんなそれぞれ都合いいようにやるべきだった、やるべきなのよ。

清家　……そんな勝手が許されると思うのか？

志都美　一緒に住むのが許されないから、家族バラバラ、バラバラのままで一人ひとり頑張ってけばいいんだなって。それでいいのよ。

清家　一平。

一平　何。

清家　父さんの靴、寄こせ。

一平　履くんだ。

清家　静香。お前の結婚、反対しておきながら、母さんにあんな勝手なこと言わせといていいのか。

静香　やっぱり、あたし結婚する。

清家　いや、そうじゃないだろ。

静香　兄さん、あたしも靴。（と、一平から滑り落としてもらう）

一平　父さん。（と父の靴を滑り落とし）俺もまたニューヨークに戻るから。

清家　何？

一平　それ言おうと思って帰ってきた。

清家　（絶句して）……そんなことでいいと思ってるのか。（慌てて靴を履きながら）分かってるのか、お前たち。（履き終えて）お前たちは日常にあぐらをかいてるだけなんだぞ。

インターホン、鳴る。

清家、いきなり駆け上がってドアを開ける。

高峰夫婦と高峰不二子、にこやかに入りこんできて——。

美重子　どうもすみません。

清家　何ですか。

昇　あの、姉です。姉も清家志都美さんの大ファンでして。

不二子　どうも不二子です。弟のところに寄ったら話を聞きまして。

美重子　あのまだこちら、時間かかります？

清家　お引き取り願えませんか。

不二子　じゃあの写真を一枚だけ。

清家　写真？

すぐにフラッシュが瞬く。昇が志都美にカメラを向けている。

清家　お引き取りください。（追い出そうと）

不二子　あたし飛行機の時間があるんで、あと二、三枚一緒に……

美重子　お願いします。

清家　（追い出しつつ）帰ってください。

昇　いいじゃないですか、写真くらい、近所のよしみで……

清家　今、忙しいんです。帰ってください。

清家、ドアを閉める。

清家　………。

志都美　責任はあたしにあるわ。

静香　母さんだけじゃない、みんないけなかったのよ。

一平　だから一緒にいちゃいけないんだよ。

清家　何……？

一平　俺たちが幸せになるのを憎み続ける家族がいる。それ、忘れちゃいけないだろ。
清家　………。
一平　もう、あの日常は封じ込められたんだ。
清家　………。
志都美　……用意、しましょ。哲平、もう来るわ。
清家　父さんはひもといたぞ。
志都美　……ひもといた?
清家　日常をだ。そうだろ、一平。封じ込められてたのを父さん、ひもといたよな。静香。テーブル、お前も自分で張りつけたよな?
静香　………。
清家　この日常からやり直さなければ、どこにも行けないんだぞ。
志都美　だからって一緒にはいられないじゃない。
清家　違う。家庭ってのはな、安らぎの場所なんかじゃない。居づらくても、窮屈でも、ずるずる滑って落ちそうでも、みんなが努力して、努力しなければ、そこに居続けることができない。それが家庭なんだ。
志都美　………。
一平　………。
静香　………。

清家　俺は哲平に、それを教えられた。

インターホン、鳴る。
清家、大きく息を吐いてドアを開けようと――。

志都美　あたしが出るわ。
清家　いい。
志都美　出てはっきり言うわ。
清家　何を?
志都美　迷惑だって。あたしたちは家族だって。

志都美、斜面を上がってドアを開ける。
久住、にこやかに顔を出して――。

久住　あ、お母さん。どうもしばらくぶりです。
静香　久住さん……。
志都美　（静香に）どういうこと?
久住　すぐ帰ります。携帯電話、静香さんに返しに来ただけなんで、あのこれ。（と差し出す）

志都美　静香の携帯電話をどうしてあなたが持ってるの？
久住　それがいろいろ事情がありましてお預かりしてたんですけど、いやぁ、けっこうかかってくるんですね。そのたびに心臓ばくばくして体に悪くて。
静香　こないだ食事したお店にあたし、忘れちゃったのよ。それを近くだからって取りに行ってくれて。……ありがとう。
久住　（室内を見回しつつ）哲平君まだなんですね。
志都美　用はそれだけ？
久住　あ、はい。これにて失礼いたします。
清家　久住君。
久住　何でしょう？
清家　あがってくれ。
静香　父さん……。
久住　いいんですか？
清家　お前がその気なんだったら、今はっきりさせればいい。（志都美に）いいだろ？
志都美　……どうぞ。
久住　いやぁ、なんか緊張しちゃうなぁ。お邪魔します。（靴を脱ごうと）
一平　靴のままでいいよ。
久住　あ、そうなったんですか？

志都美　そうなった？
久住　あ、いや、最近増えてるそうですから、自宅の土足。
志都美　聞いたことないわね。
久住　あ、そうですか？　私はなんか聞いた気がするんですけど。

全員、テーブルにつく。

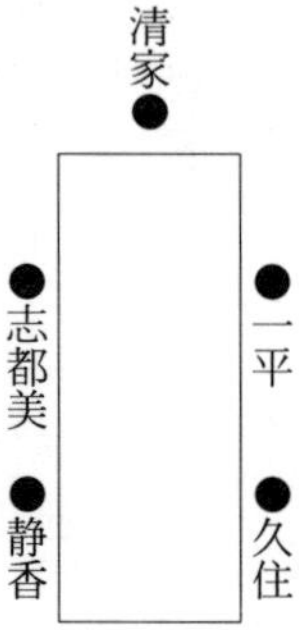

清家　君に話しておきたいことがある。
久住　（手で制し）その前に。
清家　何だね。

久住、突然テーブルを離れて、志都美に向かって直立不動になり――。

久住　申しわけありません。私《わたくし》は嘘をついておりました。実はさっきここに来ました。お父さんと一

緒でした。いえ、私が勝手に来たんです。すみませんでした。（深々と一礼する）

志都美　……そういうこと。

静香　ごめん、母さん。

志都美　もういいわ。

久住　（頭を上げ）よかったぁ。いややっとこれで少しすっきりしました。正正堂堂当たって砕ける覚悟で来た甲斐がありました。

清家　いいから座りたまえ。

久住　（座りに行きつつ）いやぁ、私もバカですね、今日なんでみなさんが集まってるのかやっと分かりましたよ。

静香　分かったって……？

久住　「お父さんを励ます会」なんですよね、会社辞めちゃうから。

家族一同、ぎょっとなって清家を見て——。

久住　……え？

志都美　ほんとなの？

久住　みなさん、もしかして……？

清家　なんでそう君は余計なことを言う。

久住　（再びテーブルを離れて）申しわけありません。
一平　なんで辞めンの？
清家　父さんが決めたことだ。
静香　辞表出したの？
清家　明日、出す。
志都美　哲平のため……？
清家　ほかに何がある。（久住に）君、さっさと座れ。
久住　……あの、お詫びといっちゃなんですけど、ワイン、飲みながら話しません？
志都美　そんなものないわよ。
久住　いえありますよ、さっき持ってきましたから。（と紙袋を見せて）ここに。
志都美　アルコール飲みながら話すことじゃないわ。
久住　ロマネ・コンティですよ。七八年もの。
志都美　……本物？
久住　もちろん。
静香　飲む？
志都美　見るだけ。
清家　そんなことに時間とってる場合じゃないだろう。
志都美　ちょっと見るだけ。七八年のロマネ・コンティっていったらまず手に入らない夢のワインなのよ。あたし、百万出してもいいわ。

久住　さすがお母さん、見る目ありますね。（静香に渡す）

静香　あたしなんか、たかがワインって気がするけど。（志都美に渡す）

志都美　たかがじゃないのよ、七八年のロマネ・コンティは。なんでも生産本数が極端に少なかったらしくてね、今年はよくないんじゃないかって噂出たんだけど、そうじゃなかったの。出来はよかったの、それも抜群に。

一平　哲平の生まれた年だ。

志都美　え……？

一平　七八年十二月二十日。哲平の誕生日だろ。

静香　ほんとだ。

一平　このワイン、哲平と同級生だよ。

志都美　………。

どこからともなく少年たちの行進が近づいてくる。
「少年Ａ」を先頭に、まっすぐにリビングを突っ切っていく……。
久住、ようやく席について——。

久住　……哲平君、まだ来ないんですか？

静香　もうすぐ来るわ。
久住　哲平君も外国、行ってたんですか？
一平　もっと近くて、もっと遠いところ。
久住　もっと近くて、もっと遠いところ。頭の体操ですね。
清家　話しておきたいことというのは、その哲平のことなんだ。
久住　あ、はい……。
清家　静香。お前が話すんだ。
静香　……。（家族を見る）
久住　哲平君。どうかしたんですか？
静香　一年二か月前、同級生を殴ったの。
久住　殴った？
静香　東大に合格した次の日、東大に受かったことでバカにされたみたいで。詳しいいきさつはわからないけど。
久住　男の子なら喧嘩くらい大目に見なきゃ。
静香　弟はあとで、言ったらしいの。審判のとき。
少年A　「死ねばいい」
久住　審判って……？
静香　殴られた同級生はコンクリートの壁に頭を打ちつけたわ。

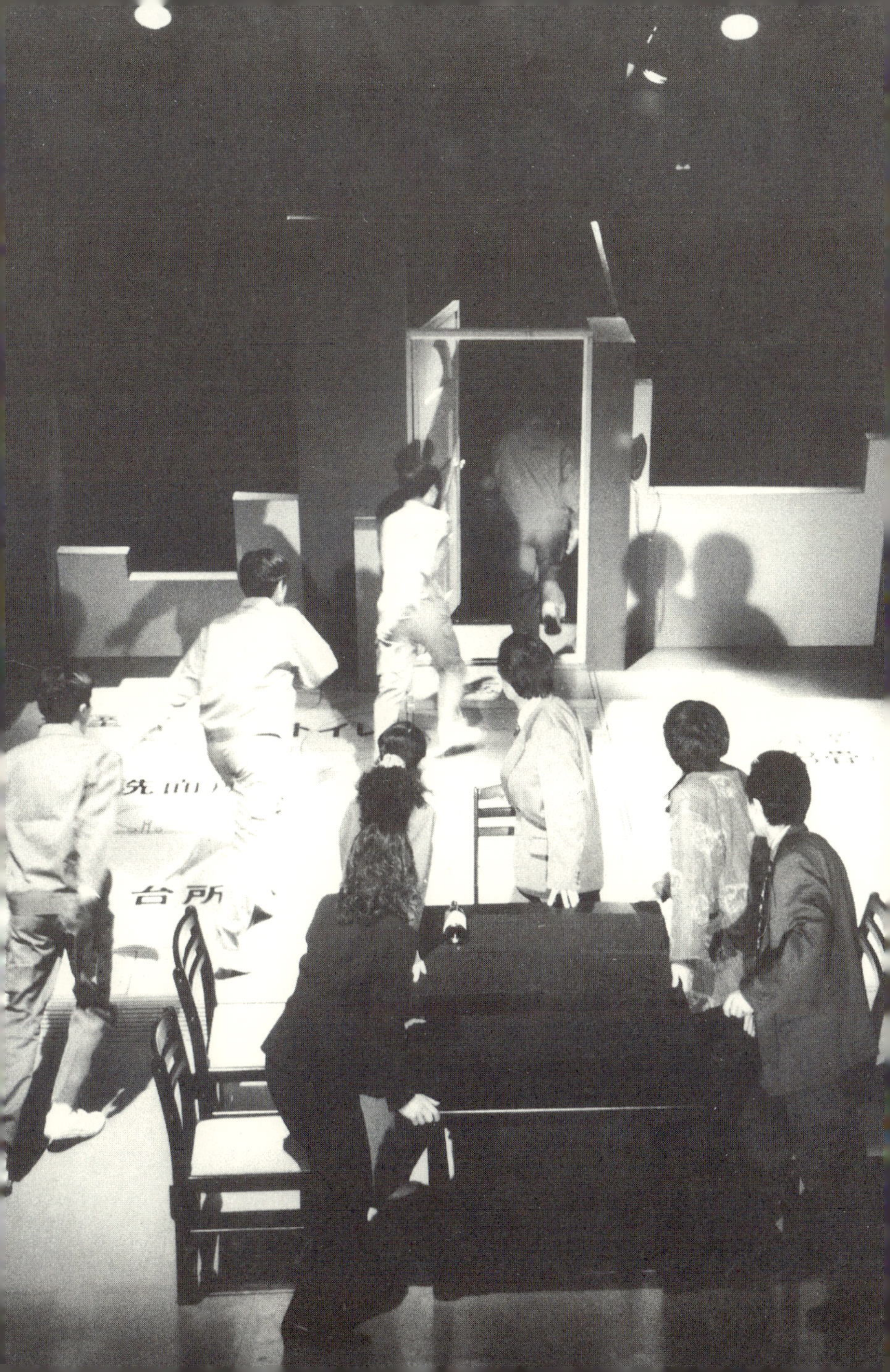
台所

久住　じゃ、哲平君……？

志都美　人を死なせたの。

突然、ドアが開いて、フラッシュが瞬く。

驚いて玄関に目を奪われる家族。

高峰夫婦と不二子、カメラを構えて盛んに写真を撮っている。

家族、驚きのまま動けず——。

同時に少年たちの行進も静止していて——。

その中で「少年Ａ」の清家哲平、声明のごとく——。

哲平　僕は人の命を奪いました。山の麓の少年院にいます。どんなに特別なところだろうと思っていたのに、少年院はドラマで見たのとそっくりで、僕は今でも初めて来た気がしていません。テレビのスイッチを切るように、ふっと目を閉じ、ふっと目を開け部屋を出れば、そのままリビングに行けそうな気がします。でも現実には、部屋を出ることはできず、リビングはどこにもなく、人の命を奪った僕だけがここにいます。そのことに気づくといつも、胸が苦しくなります。苦しくて、どこかへ逃げ出したくなるのですが、僕はどこにも行けません。きっと僕は、自分がどこにいるのか、まだよくわかっていないのです。

不意にベルの音、鳴り響く。
鳴り続ける……。

2　背伸びをする

誰もいない家。
ドアが開いて哲平、鞄を持ち、靴を脱いで入ってくる。
鞄からコンビニの袋を出してホットドッグを取り出し、レンジで温めて、食べ始める。
が、食が進まず、すぐに食べるのをやめてしまう。
哲平、腕時計を見る。
異様に大きく鳴り響く時を刻む音……。
哲平、時計から視線をはずすと途端にまっさらな静寂……。
インターホンが鳴る。
哲平、いきなりドアを開ける。
奥地行雄、背広姿で、鞄を持って入って来て——。

奥地　こんちは。
哲平　………。（頭を下げる）
奥地　お姉さん、いる?
哲平　誰もいないんです。
奥地　そっか……。

哲平　………。
奥地　………。
哲平　待ちますか?
奥地　いい?
哲平　どうぞ。
奥地　じゃ、ちょっとだけ。

哲平、先に下りて、テーブルの自分の椅子に座る。
奥地、靴を脱ぎ、這いつくばるようにして恐る恐る斜面を下りてくる。テーブルにつくことなく、落ち着かない様子。
哲平、何となく立ち上がって席を離れて——。

哲平　なんか飲みますか?
奥地　いい。気ィ遣わないで、長居はしないから。
哲平　何時に帰ってくるか知らないんですけど。
奥地　いいんだ。勝手に寄ったんだから。
哲平　………。
奥地　………。(うろうろ歩き回っている)

哲平　……。
奥地　何のせいなのかなぁ。
哲平　え？
奥地　このあいだ来たときも思ったんだけど、この床、すごいじゃない。
哲平　沈んでるみたいです。
奥地　だよね。居心地悪くて。
哲平　悪いですよね。
奥地　地盤沈下？
哲平　父は地下鉄のせいだって言ってますけど。
奥地　地下鉄って？
哲平　環状線、新しいの掘ってるんです、（玄関の反対側を指して）そっち側の下。
奥地　それで地盤が下がったわけ？
哲平　地下水の流れが変わっちゃったんです。
奥地　地下水……？
哲平　地面の下って見えないけど、水流れてるじゃないですか。それが地下鉄を掘ったり、でっかいマンションを建てたりすると水の流れが変わっちゃって、結果、土地が下がるみたいです。
奥地　ふぅん……。
哲平　……。

奥地　………。（うろうろ落ち着かない）
哲平　………。
奥地　壊れないの、この家。
哲平　根太がしっかりしてるから大丈夫だって。
奥地　何、ネダって。
哲平　床を支えてる土台のことです。それが丈夫なうちは家は倒れないんだって。ほんとかどうか知りませんけど。
奥地　大黒柱か。
哲平　違うんじゃないですか。大黒柱は家の中心の柱だから目に見えるから。
奥地　そうか、お母さんってことだ。
哲平　お母さん？
奥地　大黒柱がお父さんで、根太がお母さん。
哲平　よく分からないたとえしますね。
奥地　自分でもよく分かんなかった。
哲平　………。
奥地　………。
哲平　父はどこでもあるって言ってました。
奥地　何が？

哲平　こうした沈みとか歪《ゆが》みとか。あるけどみんな気づかないで過ごしてるんだって。うちはみんなが気づいてるぶん、まだ幸せだって。
奥地　これ気づかなかったら変でしょう?
哲平　ですよね。
奥地　……。
哲平　そうやって自分を納得させるのがうまいんです。
奥地　誰が?
哲平　だから。父親です。
奥地　あぁ……。
哲平　……。
奥地　……。
哲平　……。
奥地　帰っちゃおうかな。
哲平　居心地悪いですか。
奥地　そんなことないけど。なんか彼女、いるような気がしたもんだから、それで急に思い立って勝手に来ちゃって。
哲平　携帯に電話すればいいじゃないですか。
奥地　うん……。

哲平　番号、知ってますよね。

奥地　なんかいきなりっていうのがいいかなぁと思ったんだよね。約束なんて全然なしで。

哲平　………。

奥地　それでも会えるかなぁって試してみたんだけど、無理だな、やっぱし。

哲平　………。

奥地、玄関口まで行き、靴を履いて——。

奥地　姉さんには何も言わなくていいから。

哲平　………。

奥地　言わないほうが嬉しいな。

哲平　言いません。

奥地　ありがと。そんじゃ。

奥地、帰っていく。

哲平、腕時計を見る。

異様に大きく鳴り響く時を刻む音……。

哲平、時計から視線をはずすと途端にまっさらな静寂……。

ドアが開いて清家志都美、大きなバッグを抱えて現れて——。

志都美　あぁ、いた？　よかった。ねぇちょっとこれ、そっち置いといてくれない？

哲平　………。（受け取りに向かう）

志都美　今、編集者の人と一緒なのよ。母さん、駅まで送ってくるから。ご飯、まだでしょ？

哲平　まだ。

志都美　帰ってるの、お前だけ？

哲平　そうだよ。

志都美　（バッグを滑り落とし）誰かから電話あった？

哲平　ないよ。（バッグを受け取り）重いね、これ。

志都美　大変だったのよ、今日の撮影、手の込んだもの大人数ぶん作らされて。そこ、テーブルんとこ、置いといてくれればいいから。

哲平　置いとく。

志都美　ね、奥地さん、うちに来たの？

哲平　なんで？

志都美　車から見かけたのよ、すぐそこで。静香、一緒じゃなかったけど。

哲平　散歩してたんだよ。

志都美　わざわざこっちまで来て？

哲平　知らないよ。俺は見てないんだから。
志都美　そりゃそうね。じゃ、送ったらすぐ帰るから。

ドアが開いて一平、リュックを背負って現れて――。

志都美　あ、一平。母さん、駅まで行ってすぐ戻ってくるから。
一平　いってらっしゃい。
志都美　ご飯、まだよね。
一平　ないの?
志都美　あるわよ、何言ってんの、何とかするわよ。

志都美、急いで出ていく。
一平、ドアのところでリュックからロープを出して、作業を開始。
なにやら上がり框あたりにロープを止めている。
哲平、テレビをつけてみる。バラエティ番組の笑い声がいきなり響いてきて、まともに見ることもなく消してしまって――。

一平　おい。見ろ見ろ。

見ると一平、ロープを使って悠然と斜面を下りてきていて――。

一平　いいだろ?
哲平　面白くないよ。
一平　面白さじゃなくて便利さ。服が汚れないだろ。
哲平　なんか無様だよ。
一平　下り方は研究すんだよ、今から。お前にゃこういう面白さ、分かんないの?
哲平　面白さじゃないって自分で言ったろ。

一平、ロープを使った下り方の研究を開始。ほとんど遊んでいるようにしか見えない。
ドアが開いて清家静香、バッグを持って現れて――。

静香　ただいま。
一平　よっ。
静香　何やってんの?
一平　どうだ、これでお前も楽勝で自由行動だ。
静香　疲れそう。

一平　快適だよ、下りてみろよ。
静香　家に帰った気が全然しないんだけど。
一平　いいじゃん、こういう家はこういう家なりに楽しめば。ほい、交代。

静香、ロープを伝って恐る恐る下り始める。

一平　楽しいだろ、意外と。
静香　楽しい。

いったん下りた静香、そのままロープを伝って昇っていく。
ドアが開いて清家、ブリーフケースを持って現れて――。

静香　(目があって) お帰りなさい。
清家　ここはアスレチック・クラブか?
一平　俺がつけたんだよ。
清家　何やってんだ。
一平　ここ、行き来するのに便利だろ。
清家　そんなもんなくたって行ける。

静香　ちょっと待って、今代わるから。
清家　いい。
静香　子供の頃に帰った気になれるわよ。
清家　今さら帰って何になる。
一平　そんな意地張ンないで、だまされたと思って下りてみれば?

清家、ロープを使わずに下りてくる。
静香、なんとなく清家に続くような形でテーブルのほうへ。
一平、ロープを伝って昇り、強度の点検をしたりする。

清家　(哲平に)母さんは?
哲平　編集者の人を駅まで送って来るって。
清家　晩御飯は?
一平　何とかするって言ってた。
清家　何も準備してないのか?
一平　と思うけど。
清家　しょうがないなぁ。

清家、テーブルについて、ブリーフケースから英字新聞を出して読み始める。

静香、バッグからコンパクトを出してさっと顔を点検し、それから手帳を出して何やら書き付け始める。

哲平、腕時計を見る。

異様に大きく鳴り響く時を刻む音……。

哲平、時計から視線をはずすと、父の新聞をめくる音、微かに……。

ドアが開いて志都美、袋を下げて現れて――。

志都美　ただいま。ごめん、おなかすいたでしょ?
清家　餓死するぞ。
志都美　あら、いつのまに、みんないるじゃないの。(ロープを見て)何これ?
一平　「人力エレベーター」。安心して下りられるよ。
志都美　グッド・アイデアじゃない。
清家　飯は今から作るのか?
静香　あたし、手伝うわよ。
志都美　大丈夫。ほか弁、買ってきたから。
清家　ほか弁?
志都美　いいじゃない、もう今日へとへとなのよ。
清家　おとといは店屋物、今日はほか弁。

志都美　ごめん一平、これ持ってって。（袋を渡す）
静香　言ってくれればあたし作ったのに。
志都美　いいのよ、あんたはデートに精をだしてれば。
静香　何よ、それ。

一平、先にロープを伝って下りて袋を静香に渡す。
志都美、ロープを伝って下り始めて——。

一平　ね。どんな気分？
志都美　遭難者の気分。

志都美、下りてきて——。

清家　さ、じゃほか弁、食うぞ。
志都美　たまに食べるぶんにはおいしいわよ。
静香　おみそ汁、作ろうか。
清家　もういい。
静香　誰か欲しい人？

一平　俺もいい。
志都美　哲平は?
哲平　いらない。
静香　じゃ、いいか。
志都美　スープだったら撮影で作ったやつ、少し持って帰ってきてるから。飲みたかったら言って。
清家　何スープだ?
志都美　コンソメ。
清家　いただきます。
志都美・一平・静香・哲平　(それぞれに) いただきます。

食事が始まる。
その食事はテーブルが斜面に置かれているために、弁当がテーブルから、気をゆるめれば自分が椅子から、今にも滑り落ちそうで、はた目にも相当な労力を必要とするようである。
だが家族の誰一人、そのことには触れず、しばらく無言のままに食事が進んで——。

清家　あのロープ、あとで片づけろ。
一平　いいだろ、あったって。
清家　人が見たら変に思うだろ。

一平　しょうがないだろ、そういう家なんだから。
清家　ことさら変にしなくたっていいだろ。
哲平　………。………。………。………。
一平　建売なんか買うからだよ。
清家　建売の何が悪い。
一平　出来合いのものに金払っただけだろ、自分で設計から立ち会ったわけじゃないんだから。
清家　だから何だ?
一平　欠陥があっても、それは買ったほうも悪い。
清家　ただ買ったって言うけどな、端金《はしたがね》じゃないんだぞ。
哲平　………。………。………。………。………。………。
一平　愛情がないよ。
清家　家にか?
一平　家族にだよ。
志都美　いい家だと思ったから買ったのよ。
一平　今は思ってないの?
志都美　いい家だわ。
哲平　………。………。………。………。………。………。………。………。………。………。………。………。………。

哲平、テレビをつける。

ニュース番組。

家族はしばしテレビに顔を向けるが、誰もまともに見入ることなく――。

哲平　………。………。………。

静香　あたし、今日も安藤さんに言われちゃった。お父さんにぜひ「被害者の会」の会長になるよう言ってくれって。

清家　ほっとけばいい。

一平　何、被害者の会って。

志都美　不動産会社に訴訟起こすって言ってるのよ、安藤さん。

一平　売ったほうに責任なすりつけようってわけ?

静香　だってほっといたらどんどん沈むんじゃない?

清家　大丈夫だ。

静香　………。

清家　（テレビを消して）安藤さんには何も言わなくていい。

哲平　………。………。………。………。………。

志都美　静香、奥地さんとはうまくいってるの?

静香　いってるわよ。こないだも一緒に映画観たし。

一平　何観たんだ?

静香　「タイタニック」

清家　そんなの観ていいのか?

静香　どうして?

清家　沈没船の話だろ。

静香　……ラブ・ストーリーなの、あれは。

哲平　………。………。………。………。

志都美　さっき奥地さん、見たわよ。

静香　どこで?

志都美　家のすぐ近く。一緒なんだと思ってた。

静香　そう……。

哲平　………。………。………。

　　静香、テレビをつける。

哲平　………。………。………。………。………。………。………。………。………。………。………。
………。………。

玄関
トイレ
洗面所
台所

静香　映画観た帰りにね、二人で教会も見に行ったの。
志都美　教会?
清家　プロポーズされたのか?
静香　そうじゃなくて帰り道にあったから入ってみようかって話になって。でもおかしいのよ。中に入ったら彼、妙に神妙な顔しちゃって、ほんとにプロポーズされるんじゃないかと思っちゃった。
哲平　………。………。………。………。
静香　楽しかったわ。
哲平　………。………。………。………。………。………。………。………。………。………。
志都美　………。………。………。………。………。………。………。
志都美　週刊誌に連載してるじゃない、「団欒のレシピ」。あれ、単行本にしないかって話があるの。
清家　料理本、出すのか?
志都美　絶対売れるっていうのよ、いまの連載もとっても好評なんだって。
一平　すごいじゃない。
清家　お前、このごろどんどん派手になるな。
志都美　そお?（と、自分の服を見る）
清家　服じゃなくて暮らしぶりがさ。
志都美　あらそんなことないわよ、ささやかに趣味の範囲で仕事させてもらってるだけじゃない。でもテレビもレギュラーになりそうだし、このまま母さん、ユーメイ芸能人になったらどうしようかしらね。

一平　サインの練習しなきゃ。

志都美　そうね。

哲平　………。………。………。………。………。………。

志都美　今日、大変だったのよ。鰯を使ってね、フランス料理風に仕立てたフルコース。

清家　それで家族はほか弁か?

志都美　………。

哲平　………。………。

清家　聞けば食べたくなるだろ。

志都美　明日、作るわよ。

哲平　………。………。………。………。………。………。………。………。………。………。

　………。………。………。

静香　兄さん、海外に行く話、どうなったの?

一平　今、資金稼ぎの真っ最中。

静香　それくらい出してあげればいいのに。先行投資。

志都美　一平がいらないって言ったのよ。

一平　自分で決めたことだから自分で稼ぐ。

清家　少しは目途が立ってるのか。

一平　全然。
哲平　………。………。………。………。………。

一平、テレビを消す。

一平　だからグループ展だってば。コンクール形式になってるから、うまくいけばそれで海外、行けるかもしんない。
静香　個展、開くの？
一平　グループ展に作品出そうと思ってるんだ。
哲平　………。………。

哲平　………。………。………。………。………。………。………。………。………。………。………。………。
志都美　そういえば坂巻さん、海外の関連会社に飛ばされるってほんと？
清家　ああ。
志都美　リストラなの？
清家　うちも安穏とはしてられないみたいでな。
志都美　まだどんどん続くの？
清家　続くな。

郵便はがき

101-0064

東京都千代田区
猿楽町二—四—二
(小黒ビル)

而立書房
行

通信欄

而立書房愛読者カード

書　　名　平面になる　　266—8

御住所　　郵便番号

(ふりがな)
御芳名　　(　　歳)

御職業
(学校名)

お買上げ　(区)
書店名　市　書店

御購読
新聞雑誌

最近よかったと思われた書名

今後の出版御希望の本、著者、企画等

書籍購入に際して、あなたはどうされていますか

1. 書店にて　　2. 直接出版社から

3. 書店に注文して　　4. その他

書店に1ヶ月何回ぐらい行かれますか

(　　月　　回)

静香　父さんは大丈夫なの?

清家　父さんが飛ばされるわけないだろう。

志都美　「御餞別《おせんべつ》」出したほうがいいかしらね、坂巻さん。

清家　出すんなら「御栄転御祝」だろ。

志都美　だって栄転じゃないんでしょう?

清家　「左遷御祝」なんて書けないだろ。そういうのは全部「御栄転御祝」でいいんだよ。

志都美　出世でもないのに栄転って書いたら馬鹿にしてない?　やっぱり「御餞別」よ。

清家　「御餞別」は旅行に行く人へのカンパだろ。

志都美　じゃ何?「陣中御見舞」?

清家　だから「御栄転御祝」でいいって。こういうことはさりげなく無難にやってりゃそれでいい

………

哲平、ふとテーブルを離れて、大きくゆっくりと伸びをする。
家族の視線、半ばあっけにとられつつ、哲平に集まって——。

清家　何やってんだ、お前。

哲平　伸び。

清家　食事中だぞ。

哲平　すっきりするんだよ、ゆっくりやると。

哲平、もう一度、スローモーションのように両手を突きあげて、伸び。と、静香、テーブルを離れて同じようにやり始めて――。

清家　なんなんだ？　お前まで。
一平　俺も。
清家　一平。

一平、テーブルを離れて伸び……。
やがて志都美もテーブルを離れて――。

清家　まさかお前……。
志都美　気持ちよさそうじゃない。
哲平　父さんもやってみれば？
清家　今は食事中だ。

父を除いた家族がそれぞれに伸び……。何度も伸び……。

清家　どうかしてる。お前たち、みんな揃ってどうかしてるぞ。

言いつつ清家、独り食卓を死守するかのように食事を続ける。

インターホンが鳴る。

伸びをしていた面々、伸びをやめて——。

清家　（志都美に）お前じゃないのか？

志都美　そんなことないわよ、今日は全部終わったもの。

一平　また安藤さんじゃないの？

言いつつ一平、インターホンに出て——。

一平　はい。……あぁ、はい。今、開けます。（と切って）谷岡さん。

清家　谷岡……？

志都美　やだ、ほか弁、見られちゃうわね。

一平、ドアを開けると谷岡靖史、背広姿で鞄を持って姿を見せて——。

谷岡　こんばんは。
志都美　どうも。
谷岡　奥さん、ご無沙汰してます。食事中でしたか？
清家　いいんだ。あがってくれ。
谷岡　あ、いえ。そこにタクシー、待たせてありますから。
清家　なんだ、どうした？
谷岡　（鞄から書類を出して）忘れ物です。
清家　忘れ物……？
谷岡　明日の会議の資料、机の上、ほっぽってありましたよ。
清家　（鞄を探り）そんなばかな。
谷岡　今夜中に目、通しとかないとマズいでしょ。（一平に）渡してもらえます？
一平　お疲れさまです。（受け取る）
清家　すまんな、わざわざ。
谷岡　帰る途中ですから。気にしないでください。
志都美　お茶だけでも召し上がりません？
谷岡　いやほんとに待たせてますんで。また今度、プロの味を堪能させてください。
志都美　ええ、いつでもどうぞ。

谷岡　何なんですか、このロープ。
清家　目障りだろ、外してくれ。
一平　俺が外すよ。
谷岡　いいんじゃないですか、ユニークで。部長代理らしいですよ。
清家　どういう意味だ。
谷岡　静香さん、相変わらずきれいですね。
清家　やかましい。
谷岡　あ、もちろん、奥さんも。
志都美　どうも、付け足しで。
谷岡　それじゃすみません、お邪魔しました。
清家　すまなかったな。

谷岡、ドアを開けかけて振り返り——。

谷岡　あ、そうだよ、哲平君。
哲平　はい……？
谷岡　どうだった、東大。今日、合格発表じゃなかった？

全員の目が一斉に哲平に注がれて――。

哲平　受かりました。
谷岡　さっすが。蛙の子は蛙だね。おめでとう。
哲平　ありがとうございます。
谷岡　じゃ、失礼します。

谷岡、ドアを閉めて出ていく。

途端に異様に大きく響く時計の音……。

哲平、テーブルに戻って、ほか弁を食べ始める。それまでとは違って、やたら勢いのある食べ方。

ほかの家族は哲平に目を奪われたまま動けない……。

3　寝返りを打つ

清家、独りでテーブルに座っている。

テーブルの上にはロマネ・コンティ。

清家、ふと視線が止まって席を立ち、「日常」を覆っていた布に歩み寄ると手にとって眺め、やがてそれを大きく広げ始める。

そこにはいくつものヒトの形が張りついていて——。

ドアが開いて一平、靴のまま入ってきて——。

一平　何?

清家　どんなにしょーもない芸術か見てやろうと思ってな。

一平　いいよ、もう。

清家　母さんたちは?

一平　まだ隣。

清家　そうか。

一平　高峰さん、恐縮してたよ。

清家　当たり前だ。ぶしつけにもほどがある。

一平　あんなに怒鳴らなくたってよかったのに。

清家　父親の役目だ。
一平　……。
清家　こんなのがニューヨークでは売れるのか？
一平　金じゃないんだ。
清家　売れなきゃ食えないだろう。
一平　売れたとしてもこれは売らないんだ。
清家　どうして？
一平　売りたくないんだ。

ドアが開いて志都美・静香が靴のまま入ってくる。
ともに広げられた布が目に留まって――。

志都美　何なの、これ？
清家　こういうのが芸術らしいぞ。
一平　そんな大層なもんじゃないよ。
志都美　へぇ、一平の最新作？
静香　哲平だ。
清家　哲平？

静香　(一平に)これ、哲平でしょ?
清家　こいつが自分の体にペンキ塗って作ったんだ。
静香　哲平よ。あいつ、いっつもこんなふうに寝てたもの。
志都美　そうそう、ちっちゃくまん丸くなって。哲平だわ。
一平　父さんだけだ、知らないの。
清家　………。
一平　あいつ寝相悪くてさ、あいつが寝返り打つとこ、真似してやってみたんだ。
静香　どんな夢見てたのかなぁ、哲平。
清家　………。
志都美　………。
清家　高峰さんにはなんて言ったんだ?
志都美　あたしとあなたは夫婦ですって言ったわ。
清家　哲平のことは?
志都美　聞かれたら言うつもりだったけど聞かれなかったから。
清家　自分から言って回ることじゃない。
志都美　あと、都合があって私はここには住みませんけどって。
清家　………。
志都美　でもちょくちょく顔は出しますから仲良くしてくださいって言ったら、ちょっと変な顔してた。

清家　変に思うほうが普通だ。

志都美　………。

一平、「人拓」布を片づけ始める。

静香、手を貸していて——。

一平　遅いね、久住さん。

静香　そうね。

志都美　たぶん、このまま戻ってこないわよ。

静香　そんな人じゃないわ。

志都美　商店街の酒屋さんまで、ものの五分もあれば行けるじゃない。もう何分？

一平　考えてんだよ、いろいろ。考えるだろ、誰だって。

静香　へらへらしてるように見えるけど、何があってもめげない人よ。

志都美　………。

静香　……奥地さんとは違うわ。

一平　お前、奥地さんとのこと、哲平のせいだと思ってたの？

静香　思ってないけど。

清家　……話さないほうがよかったか?
静香　そんなことない。
清家　そうか。
志都美　哲平のこと受け入れてもらえたら結婚するの、静香。
静香　するわよ。
志都美　そう。
静香　………。

志都美、手提げバッグの中から小さな花瓶を出して花を挿し、テーブルに飾りつける。
静香、トランクを開けて食器を出し始めて――。

志都美　ほんと。ちょっとしたことで全然変わっちゃうわね。
清家　何が。
志都美　靴。こんなに自由に家の中、歩けるの初めて。
一平　でも母さん、靴のおかげで自由になったんじゃないよ。
志都美　え、じゃ何?
一平　(頭をさして) ここと、(胸をさして) ここ。
志都美　頭と胸……?

一平　気の持ちようだってこと。
志都美　なるほど。
清家　お前、料理教室の先生、また始めるのか？
志都美　まさか。人前に出る仕事ができるわけないじゃない。
清家　始めようと思ってるんだろ。
志都美　……………。
清家　何も隠すことはない。
志都美　立ち消えになってた料理本、やっぱりもったいないから出しましょうって、そう言ってもらってるの。
静香　「団欒のレシピ」？
志都美　タイトルは変えるのよ、そのままってわけにはいかないっていうから。
清家　名前も変えるんだろう。
志都美　（ややあって）倉成小百合。
一平　（素っ頓狂に非難めいて）小百合ぃ？
志都美　いけない？
一平　今どきどうかと思うよ、そのセンス。
志都美　お前、吉永小百合を冒瀆する気？
一平　……………。（苦笑い）

志都美　倉成奈美恵、倉成保奈美、倉成りえ。いろいろ考えたんだけどね、なんかどれも母さんの柄じゃないじゃない。
静香　それで倉成小百合？
志都美　やっぱり清家志都美で出そうと思って。
清家　………。（志都美を見る）
志都美　あたしは清家哲平の母親だから。出版社の人は嫌がってるんだけど、清家志都美で出さなかったらそれこそ嫌じゃない、逃げてるみたいで。
一平　……出してもらえンの？
志都美　駄目なら出さないわ。言ってみれば、これは母さんの決意表明。
清家　………。
志都美　だから戸籍もあなたがどうしても戻したいっていうならかまわないわよ。
清家　それで、どうしてここに戻らない。
志都美　もっと違う家族ってあっていいのかなぁって思ったのよ。
清家　なんだ、違う家族って。
志都美　戸籍とか住居とか、そんな形的《かたちてき》なことに縛られない家族。戸籍がひとつだから、一緒に住んでるから。そういうことだけで家族を成り立たせてしまうのは簡単だけど、それじゃなんか違う気しない？
一平　家庭内離婚の反対だ。

志都美　そう。一平はアメリカ、母さんは日本。だけど二人は仲良し家族。
清家　哲平はどこでも行けるってわけじゃないんだぞ。
志都美　……保護観察が終わるまでは、あなたかあたしか、どっちかのところに来るしかないわね。
清家　それをあいつが決めるのか?
志都美　それでよくない?
清家　………。
志都美　哲平のことがあってバラバラになったけど、あたし、最初っからそういう家族でもよかったんじゃないのかなぁって、なんだかそのことを哲平に教えられた気がするのよ。
清家　………。
静香　でも父さんが会社を辞めるって決めたんだから。
志都美　そうね。
静香　それだけで前とはずいぶん違う家族になるんじゃない?
志都美　あなたの決意に水を差して悪いと思うけど。
清家　………。
志都美　やだ。母さん、お味噌買い忘れてるわ。
静香　何に使うの?
志都美　おみそ汁。
静香　それ、肝心要じゃない。

志都美　そうなの、肝心要が母さん、ときどき抜けちゃうのよね。
静香　買ってくるわよ。
一平　俺も一緒行く。

インターホン、鳴る。
すぐにドアが開いて久住が入ってきて——。

久住　いやぁ、まいりました。教えていただいた商店街の町田酒店、つぶれてました。

家族一同の視線が一斉に久住に注がれていて——。

久住　なんかだいぶ前らしいですよ。しょうがないんでありそうなとこ二、三軒回ったんですけどね、ないんですよ、ワインオープナー。
一平　近くにでっかいスーパーあったと思うけど、行ってみた?
久住　品切れでした。
一平　あ、そう。
久住　こうなったら釘かなんかでコルク、押し込んじゃいましょうか。（全員の視線を感じて）……どうかしました?

清家　ワインはもういい。
久住　だってせっかくですから。
清家　どうして戻ってきた？
久住　どうしてって……まだ私と静香さんのこと全然話してないし、いけませんでした？
清家　気にならないのか？
久住　そりゃ気になりますけどね、だけど然るべきところに然るべき間、行ってたわけですから。
清家　そんなに簡単に許されることじゃない。
久住　ま、そうなんですけど。
清家　………。
久住　それで、私と静香さんは許されるんですかね？
志都美　本当に平気なの？
久住　えぇ、私は全然。
志都美　深く考えてないわ。
久住　考えましたよ。
志都美　その場の勢いだけでならなんとでも言えるわよ。
久住　じゃあ一生かけて考えます。できれば静香さんと一緒に。
志都美　………。
久住　でもなぁ、肝心の静香さんが。

静香　あたしが何？
久住　この結婚、許す？
静香　許すも何も、あたしは最初っからそうするって言ってるじゃない。
久住　自分から逃げるんじゃなくて？
静香　自分から……？
久住　周りが許せば、すんなり私と結婚できます？
静香　………。
久住　やっぱしなぁ。
静香　あたしはみんなにも哲平にも心から祝福してもらいたくて……
久住　そんなんじゃ駄目っすよ。
静香　駄目……？
久住　誰より静香さんが祝福してくれなきゃ。
静香　………。
久住　ワイン。置いときますんで。
一平　帰っちゃうの？
久住　決めるのは私じゃないですから。

久住、出ていこうとして——。

清家　ひとつ尋ねていいか。
久住　はい？
清家　雑誌社の仕事、どうして辞めた？
久住　なんかずっと合ってないなぁって思ってたんですけど、ふんぎりつかなくて。
清家　合ってないっていうだけで辞めたのか。
久住　いや、そう思いながら仕事続けるって苦痛ですよ。もっと早くそうすればよかったんですけど、この年になってようやくケリつけられたんですよ。静香さんのおかげです。
清家　………。
久住　近々知り合いと新しい会社、興すんです。
清家　そうか。
志都美　あなた、清家志都美っていう料理研究家、知ってる？
久住　いえ、全然。誰ですか？
一平　（志都美をさして）この人。
志都美　あたし、あなたが辞めた雑誌社で連載、持ってたのよ。
久住　そうだったんですか？　ちっとも知りませんでした。
志都美　あたしはあの仕事、とっても自分に合ってたわ。
久住　いやぁ、とことん気が合いませんね、私たち。うまくやってけそうじゃないですか。

志都美　それはどうかしら。
久住　ロマネ・コンティ、一緒に飲める日を楽しみにしてますんで。
志都美　それもどうかしら。
久住　いえ今の、静香さんと一緒にって意味ですよ。
志都美　………。
久住　それじゃ、失礼しました。
静香　………。

久住、出ていく。
清家・志都美・一平、なんとなく静香を気にしていて——。

清家　………。
志都美　………。
一平　………。
静香　兄さん、味噌、買ってこよう。
一平　一人で行くべきだろ。
静香　味噌を買うの。あたし、後を追ったりしないわ。
清家　どうするんだ?

静香　考えるわ。
一平　俺、ああいう弟、いてもいいぞ。
静香　そうね。

インターホンが鳴る。
家族はドアを見つめるが、ドアは開かず――。
静香、思い立ったように駆け上がってドアを開ける。
谷岡が姿を見せて――。

谷岡　あ、どうも、こんにちは。
静香　谷岡さん……。
谷岡　びっくりしちゃいましたよ、今。いきなりドア開いたんで。
静香　あぁ、ごめんなさい。
清家　なんだ、トラブルでもあったのか？
谷岡　いえいえ全然そんなんじゃないんですよ、立ち寄っただけです。今、ちょっといいですか？
清家　あがれ。
志都美　どうぞ、靴履いたままで。
谷岡　え？　履いたままでいいんですか？

清家　いいんだ。
谷岡　なんか、変な宗教に入ったわけじゃないですよね?
清家　何言ってんだ。
一平　じゃ俺たち、買い物行って来るから。
志都美　お願い。
静香　あと必要なものない?
志都美　たぶんOK。

一平・静香、出ていく。
谷岡、テーブルについて――。

志都美　……あたしも席外したほうがいいのかしら。
谷岡　そんな、奥さんはいてもらったほうが。
清家　どうした?
谷岡　哲平君はまだ……?
志都美　もう帰って来てもいい頃なんですけど。
谷岡　それが差し出がましいかとは思ったんですが。（鞄から封筒を出して）これ、課の連中から。受け取ってください。

清家　「御餞別」……?

谷岡　表書きは悩んだんですけど「快気御祝」じゃないだろうし、まぁ新しい旅立ちってことでいいんじゃないかって話になって。

志都美　哲平のために……?

谷岡　普通はこんなことしないんでしょうけど。あ、それで封筒も祝い袋じゃなくて普通のなんですけど、どうもすみません。

志都美　こちらこそ、お心遣いいただいて。

清家　それで用は何だ?

谷岡　え……?

清家　これ渡すためにわざわざ来たわけじゃないだろう。

谷岡　……実は昨日、人事の藤本課長と一緒になったんですよ、飲み屋で。

清家　藤本と?　元気だったか、あいつ。

谷岡　それがこぼしてました、部長代理のこと。

清家　何を?

谷岡　辞表出すのしつこいって。お前何とか言ってくれって。

清家　そうか、そりゃ困るだろうなぁ、会社は。

谷岡　何とか言えって言われても、俺だって困るじゃないですか。

清家　明日また出すぞ。

谷岡　辞表ですか？
清家　八通目だ。
谷岡　やめてください。俺また藤本さんに言われちゃうじゃないですか、お前ちゃんと言ったのかって。
清家　俺は決めたんだ。
谷岡　別に辞めなくたっていいでしょう？
清家　俺には今、家族のほうが大事なんだ。
谷岡　気持ちは分かりますけどね、タイミングが。
清家　……タイミング？
谷岡　だからほら、哲平君、戻ってくるとなると、あの時ほどじゃないにしても、またマスコミが来たりするかもしれないじゃないですか。
清家　マスコミが何の関係がある？
谷岡　会社もいろいろ書かれたりするとマズいみたいなんですよ。事件のせいで首切ったとなるとバッシングされかねないでしょう？
清家　俺は自分から辞めるんだぞ。
谷岡　だからほとぼりが冷めるまで、もう少し模様眺めしててほしいってことなんです。頃合いがよければ、いつでも受理するからって。
清家　（はっとして）……会社は俺を辞めさせたがってるのか？

谷岡　いえ、そういうわけじゃ……。
清家　俺は厄介者ってことか？
谷岡　………。
清家　どうなんだ、谷岡。
谷岡　……痛し痒しってとこでしょうか。
清家　はっきり言え。人事はなんて言ってるんだ。
谷岡　事件の手前、切りたいものも切れなくなった……。
清家　………。
谷岡　今、辞められると会社のイメージ・ダウンになりかねないそうです。
清家　………。
谷岡　いやでも、どんな理由にせよ、会社は部長代理を必要としてるわけですから。このリストラの嵐の中、喜ぶべきことだと思いますよ。
清家　………。
谷岡　個人的にも部長代理には、俺いてほしいですし。
清家　……わかった。

いつのまにかドアが開いていて、哲平が立っていて——。

トイレ
洗面所

志都美　（気づいて）哲平……。
哲平　……。
谷岡　お帰り、哲平君。
哲平　……どうも。
谷岡　それじゃ俺、これで失礼しますんで。
清家　谷岡。
谷岡　はい。
清家　すまなかったな。
谷岡　あ、いえ。また明日、会社で。それじゃ奥さん、失礼します。
志都美　どうもすみません、何もおかまいできなくて。
谷岡　（哲平に）元気そうだね。
哲平　はい。
谷岡　また、遊びに寄らせてもらうから。
哲平　……。（頭を下げる）
谷岡　お邪魔しました。

谷岡、出ていく。
哲平はドアそばから離れる気配がなくて――。

志都美　おなかすいてるンじゃないの、哲平。
哲平　そんなに減ってない。
志都美　食べれば入るわよ。待ってて、すぐやっちゃうから。
哲平　兄さんと姉さんは？
志都美　来てるわよ。今、ちょっと買い物に行ってもらってるの。そんなとこ立ってないでこっち座んなさいよ。
哲平　兄さん、ニューヨークから帰ってきたんだ。
清家　お前、そんなことより、父さんや母さんに真っ先に言わなきゃいけないことがあるだろう。
志都美　（たしなめて）あなた。
哲平　………。
志都美　一平はね、またニューヨークに戻るって言ってるの。父さんと母さんもね、いまのまま離れて暮らそうと思ってるんだけど、お前、どっちに来る？
哲平　どっちにも行かない。
志都美　行かないってお前……
哲平　更生保護会に行くことにしたんだ。
清家　更生保護会……？
哲平　長くて六か月いられるから、そこに行く。いま、保護司の人に外で待ってもらってるんだ。五分だけ時間もらってきた。

清家　……。

哲平　その手続きをとりたいんだけど許してくれないかな。

清家　お前が帰ってくる家はここだろう。

哲平　まだ帰れないよ。

清家　父さんはそのために会社も辞めるんだぞ、お前のために。

哲平　勝つためだよ。

清家　何?

哲平　父さんは勝つために会社を辞めるんだ。父さんはずっと成功に成功を積み上げて勝ち続けてきた。だから今度も負けるわけにはいかないから、自分から会社を辞めるんだ、自分が勝つために。

清家　……。

哲平　誰のためでもないよ。

清家　……。

清家、振り返って、初めて哲平を見る。
それから出し抜けに立ち上がり、「人拓」の布を再び広げ始めて——。

志都美　……何するの?

清家　広げるんだ。手を貸してくれ。

志都美　………。（手伝いに行きつつ哲平に）これ、一平が作ったのよ。モデルはお前なんだってよ。あいつは寝相が悪いからって、そう言ってたわ。

哲平　………。

清家、広げ終えると、描かれた「ヒト型」の上にゆっくりと寝て、その型通りにポーズを取ってみる。二、三秒ほど静止すると立ち上がり、別の「ヒト型」に移って再び型通りに自分の体をかたどってみる。清家が再び立ち上がり始めたところで――。

志都美　何なの？

清家　（哲平に）お前はここで、どんな夢を見てた？

哲平　………。

清家、なおも「ヒト型」通りに自分をかたどる動きを続けながら――。

清家　お前は負けたのか。

哲平　負けたんだ。

清家　人を殺したからか。

志都美　殺人じゃない、傷害致死だわ。
哲平　同じなんだよ、母さん。
清家　それで負けたのか。
哲平　ずっと何かが違うと思ってたんだ。でも代わるものを見つけることもできなくて、ずるずると東大を受けてしまった。
清家　………。
哲平　東大に受かった日、僕は負けたんだ。
清家　………。
哲平　でも父さん、ひとつだけお願いがあるんだ。
清家　何だ。
哲平　少年院を出てすぐ、山下の家に行って来た。
志都美　……会ってもらえたの?
哲平　顔も見たくないって。門前払いだった。
志都美　………。
哲平　でも僕はどうしても謝らなきゃいけないから、六か月かけて謝罪の言葉を探すつもりなんだ。六か月で見つけられるかどうかわからないけど、もしかしたらもっと長くかかるかもしれないけど、見つけたらここに戻ってくる。
清家　………。

トイレ
台所
物入

哲平　だから父さん。そのときは一緒に、その時だけでいいから一緒に、謝ってくれないかな。
清家　………。
哲平　父さんを負けさせて申しわけないけど、一緒に謝ってくれないかな。
清家　俺はお前の父親だぞ。
哲平　………。
清家　いつでも一緒に行く。
哲平　………。
清家　いつでもだ。
哲平　………。
清家　………。
志都美　ねぇ。これ持ってって。（と手提げバッグを示し）母さんが作ったの。これとこれはこのままで十分おいしいから。あと、これはレンジでチンしたほうがいいんだけど、なけりゃないでもイケてると思うから。

哲平、不意に、清家が延々とかたどる動きを続けている「人拓」の上に行き、両親に向かって土下座をする。

体を丸め、額を床にこすりつけるほどに小さくなる……。

清家、かたどる動きが止まって――。

志都美　………。
清家　………。
志都美　顔を上げて。
哲平　………。（顔を上げられない）
志都美　顔を上げて。
清家　上げろ、哲平。
哲平　………。（顔を上げる）
清家　行って来い。
哲平　………。

哲平、立ち上がって行こうとして――。
ドアが開いて一平・静香が戻ってきて――。

静香　哲平。
一平　よぉ。
哲平　……ただいま。
志都美　哲平ね、まだ今から行かなきゃいけないとこあるっていうから。

一平　何、どこ行くの？
志都美　近くに人を待たせてるっていうから、そこまで見送りしましょ、みんなで。
静香　どういうこと……？
志都美　あとで話すから、とりあえず行きましょ。（清家に）ほら、あなたも。

一平・静香・哲平、出ていき、最後に志都美も出ようとして——。

清家　志都美。
志都美　え？
清家　俺は会社を辞めないぞ。
志都美　……。

清家、不意に斜面を駆け上がり、あぐらをかいてすーっと滑り降りてきてから立ち上がり——。

清家　それが俺の決意表明だ。どんなに厄介者でも居続けるぞ。
志都美　……。
清家　それでいいか。
志都美　いいわ、もちろん。

志都美、出ていく。

やや遅れて清家、斜面を見上げ、その感触を確かめるかのようにゆっくりと登っていって、出ていく。

テーブルにはロマネ・コンティ、そして五人分の何も盛られていない食器だけが並べられていて——。

■参考文献

『「家をつくる」ということ』藤原智美(プレジデント社)
「見限られた少年たち」坂本敏夫(別冊宝島361『囚人狂物語』収録)
「敗北論」鶴見俊輔(「広告批評」一九九八年一月号収録)
『ワイン』田中康博監修(西東社)

上演記録

一九九八年三月十一日〜十五日　青山円形劇場

【スタッフ】

作・演出　古城　十忍
美術　礒田　央
照明　磯野　眞也
音響　黒沢　靖博
舞台監督　富川　孝
衣装　豊田まゆみ
イラスト　古川　タク

デザイン　川波　静代
宣伝写真　富岡　甲之
舞台写真　中川　忠満
制作　藤川　啓子
　　　岸本　匡史
　　　西坂　洋子

【キャスト】

清家　均　奥村　洋治
清家　一平　新野　照久
清家　哲平　柏　茂樹
倉成志都美　辻　麗子
倉成　静香　武田　竹美
久住　常久　松浦　光悦
奥地　行雄　小林　立樹
谷岡　靖史　越村　浩之

高峰美重子　河野　好美
高峰　昇　津波古和寿
高峰不二子　谷口れい子
少年たち　小林　立樹
　　　越村　浩之
　　　津波古和寿
　　　小嶋　朋

あとがき

斜面と俳優が格闘する舞台をつくってみたかったのです。

俳優はそもそも、台本に書かれ何度も練習したセリフを、今初めて口にするかのようにしゃべる、言ってみれば「嘘つきな人たち」なわけですが、セリフは俳優が策を練れば練るほど、往々にしてしらじらしくなっていくという厄介な代物であります。

そこで、俳優が過剰な策を練る余裕などまるでもてない状況をつくる。そうすれば俳優の余分な思い入れに惑わされることのない、自然な演技が生まれるのではないか。浅はかながら、そう考えて斜面を思いついたわけです。

問題は角度でした。余裕を持てなくするといっても、足がすくんで演技どころではなくなってしまったら困ります。まともに立つには勇気がいるが、立って立てないことはない。それがベストだと思いましたので、稽古場では日々、ベストの角度を捜して実験を繰り返しました。40度は立って静止は無理、45度は言語道断、25度は女優でもわりと自由がきくといったことを体を使って確認し、結局30度で上演することにしました。

ただ30度でも、相当に恐怖はありますし、体力の消耗も激しいので、最終的には30度の斜面が途中で折れて10度の斜面へ続く形にしました。それでも最も高い玄関口は、床から5メートル強はありましたから、俳優にはとんでもないセットだったと思います。

そうした場所で、少年犯罪に陥った「加害者家族の再生」を描いたわけですが、数年前から少年犯罪に関心を持つ者としては、少年犯罪の風景は年々、空恐ろしくなってきている気がしてなりません。今後もこのテーマは追い続けたいと思っていますが、いずれ斜面どころではなく、切り立った崖のような美術が必要になるかもしれません。

二〇〇〇年一月吉日　古城十忍

古城十忍（こじょう・としのぶ）
1959年，宮崎県生まれ。熊本大学法文学部卒。
熊本日日新聞政治経済部記者を経て1986年，劇団一跡二跳を旗揚げ。
以来，作家・演出家として劇団公演の全作品を手がけている。
代表作に「眠れる森の死体」「SとFのワルツ」「アジアン・エイリアン」など。
連絡先　〒166－0015 東京都杉並区成田東4－1－55 第一志村ビル1F
劇団一跡二跳☎03－3316－2824
【URL】http：//www.isseki.com/
【e-mail】XLV07114@nifty.ne.jp

平面になる

2000年3月25日　第1刷発行

定　価　本体1500円＋税
著　者　古城十忍
発行者　宮永捷
発行所　有限会社而立書房
東京都千代田区猿楽町2丁目4番2号
電話 03（3291）5589／FAX 03（3292）8782
振替 00190－7－174567
印　刷　有限会社科学図書
製　本　大口製本印刷株式会社

落丁・乱丁本はおとりかえいたします。

ISBN 4－88059－266－8 C0074
装幀・神田昇和